年轻人要懂得的
人生哲理

文思源 编著

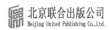
北京联合出版公司
Beijing United Publishing Co.,Ltd.

图书在版编目（CIP）数据

年轻人要懂得的人生哲理 / 文思源编著 . — 北京：北京联合出版公司，2015.8
（2022.3 重印）

ISBN 978-7-5502-4105-3

Ⅰ . ①年… Ⅱ . ①文… Ⅲ . ①人生哲学－青年读物 Ⅳ . ① B821-49

中国版本图书馆 CIP 数据核字（2015）第 143099 号

年轻人要懂得的人生哲理

编　　著：文思源
出 品 人：赵红仕
责任编辑：王　巍
封面设计：韩　立
内文排版：吴秀侠
图片提供：东方 IC　晓薇等

北京联合出版公司出版
（北京市西城区德外大街 83 号楼 9 层　100088）
北京市松源印刷有限公司印刷　新华书店经销
字数 288 千字　　720 毫米 ×1020 毫米　1/16　20.5 印张
2015 年 8 月第 1 版　2022 年 3 月第 4 次印刷
ISBN 978-7-5502-4105-3
定价：78.00 元

哲理之于人生，就像照亮黑夜的明星、航海用的罗盘，没有其指引，人们将永远在盲目与混乱中摸索挣扎、举步维艰，找不到正确的方向。人生哲理，早一天领悟，早一天走向成功；早一天掌握，早一天拥有幸福。

在人生的道路上，很少有平坦的捷径，往往充满着坎坷和崎岖。无论在工作还是生活中，我们总会犯一些这样那样的错误，遭受一些这样那样的挫折。如何才能正确地把握人生？如何才能领会生活的真谛？如何做生活的智者？答案就是掌握并领悟人生哲理。因为哲理是无数前人成功经验和失败教训的总结，是生活智慧的结晶，是一盏盏指引我们绕开阻碍、顺利奔向理想的明灯。只有懂得并掌握了人生的智慧，我们的人生才能如鱼得水、游刃有余。

本书汇集了古今中外对人生具有启发和指导意义的哲理，故事内容缤纷多彩，涉及成败、心态、机遇、幸福、宽容、品德、命运、处世、亲情、婚姻等人生的方方面面，旨在帮助年轻人及早了解人生百态，尽快把握人生，在未来的人生旅程中，多一些得，少一些失；多一些成，少一些败。这些凝聚着前人智慧和经验的哲理是我们受益一生的法宝。只要你领悟其中的道理，娴熟地掌握、运用，相信你一定能够学会为人处世及立足社会的必备技能，更深刻地理解和把握人生，从容地面对生活中的各种问题。

在人生的旅途上，每个人都难免遇到一个个难题。如果把这些难题比作人生的"坎儿"，那么本书讲述的哲理就是人生智慧的锦囊；如果把难题比作一扇扇有待开启的大门，那么本书的哲理就是一把把开启它们的钥匙。此刻我们将它们双手奉上，希望能得到你的妥善保管、认真利用。衷心祝愿每一位获此人生"锦囊"的人都能实现自己心中的梦想，成就美满、幸福的人生。

Contents
目录

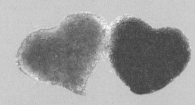

第六章　想改变命运，先改变自己

第七章　生活是最好的老师

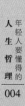

第十七章　世事本不完美，人生当有不足

早一天领悟人生哲理

早一天少走弯路、少受挫折

在人生路上走得更平顺、更顺利

第一章

读懂人生，才能成就一生

时间如白驹过隙，积少亦可成多

卡尔·华尔德曾经是爱尔斯金（美国近代诗人、小说家和出色的钢琴家）的钢琴教师。有一天，他给爱尔斯金教课的时候，忽然问他："你每天要花多少时间练习钢琴？"

爱尔斯金说："大约每天3个小时。"

"你每次练习，时间都很长吗？是不是有个把钟头的时间？"

"我想这样才好。"

"不，不要这样！"卡尔说，"你将来长大以后，每天不会有长时间的空闲的。你可以养成习惯，一有空闲就几分钟几分钟地练习。比如在你上学以前，或在午饭以后，或在工作的休息余闲，花上5分钟去练习，这样，弹钢琴就成了你日常生活中的一部分了。"

14岁的爱尔斯金对卡尔的忠告未加注意，但后来回想起来真是至理名言，并且他从中得到了不可限量的益处。

当爱尔斯金在哥伦比亚大学教书的时候，他想兼职从事创作。可是上课、看卷子、开会等事情把他白天和晚上的时间完全占满了。差不多有两个年头，他不曾动笔，他的借口是"没有时间"。后来，他突然想起了卡尔告诉他的话。到了下一个星期，他就把卡尔的话实践起来。只要有5分钟左右的空闲时间，他就坐下来写作100字或短短的几行。

出乎意料，在那个星期快结束的时候，爱尔斯金竟写出了相当多的稿子。后来，他用同样积少成多的方法，创作长篇小说。

爱尔斯金的授课工作虽一天比一天繁重，但是每天仍有许多可以利用的短短余闲。他同时还练习钢琴，发现每天小小的间歇时间，足够他从事创作与弹琴两项工作。

利用短时间，其中有一个诀窍：你要把工作进行得迅速，如果只有 5 分钟的时间给你写作，你切不可把 4 分钟消磨在咬你的铅笔尾巴上。事前要有所准备，工作的时候，立刻把心神集中在工作上。迅速集中脑力，做起来并不像你想象的那样困难。

极短的时间，如果能毫不拖延地充分加以利用，就能积少成多地供给你更多成功的机会。

艾伦·哈特葛伦博士是一位博学多才的老人，他以前是一所大教堂的牧师，后来退休了。他曾经问过一位年轻人是否了解南非树蛙，年轻人坦白地说："不知道。"

博士诚恳地说："如果你想知道，你可以每天花 5 分钟的时间阅读相关资料，这样，5 年内你就会成为最了解南非树蛙的人，你会成为这一领域中最具权威的人。"

时间不能增加一个人的寿命，然而珍惜光阴可使生命变得更有价值。

🍂生命的恩赐，也许不是繁花似锦🍂

在生命的黎明时分，走来一位带着篮子的仁慈仙女，她对一个少年说：

"篮子里都是礼物，你挑一样吧，而且只能带走一样。小心些，做出明智的选择。哦，之所以要你做出明智的抉择，因为，这些礼物当中只有一样是宝贵的。"

礼物有5种：名望、爱情、财富、欢乐、死亡。少年迫不及待地说："这根本没有必要考虑，我选择欢乐。"

他踏进社会，寻欢作乐，沉湎其中。可是，到头来每一次欢乐都是短暂、沮丧、虚妄的。它们在行将消逝时都嘲笑他。最后，他颇为后悔地说："这些年我都白过了。假如我能重新挑选，我一定会做出明智的选择。"

话音未落，仙女出现了，说：

"还剩4样礼物，再挑一次吧，哦，记住，光阴似箭，要做出明智的选择。这些礼物当中只有一样是宝贵的。"

当初的少年已成为男人，他这次很慎重，沉思良久，然后挑选了爱情。仙女见此，眼里涌出了泪花。但是，这个男人并没有觉察到。

很多年过去了，这个男人坐在一间空屋里，守着一口棺材。他神情沮丧，喃喃自语道："她们一个个抛下我走了。如今，最后一个最亲密的人也躺在这儿了。一阵阵孤寂朝我袭来。爱情这个滑头的商人，每卖给我一小时的欢娱，我就需要付出一个小时的悲伤。我从心底里诅咒它呀。"

"重新挑吧，"仙女又出现了，说，"岁月无疑把你教聪明了。还剩3样礼物。记住，它们当中只有一样是有价值的，注意选择。"

这个男人沉吟良久，然后小心翼翼地挑了名望。仙女叹了口气，扬长而去。

很多年以后，仙女又回来了。此时，那个男人正独坐在暮色中冥想。她站在他的身后，她明白他的心思：

"我名扬全球，有口皆碑。我虽有一时之喜，但毕竟转瞬即逝！忌妒、诽谤、中伤、嫉恨、迫害却接踵而来，然后便是嘲笑，这是收场的开端；一切的末了，则是怜悯，它是名望的葬礼。出名的辛酸和悲伤啊！声名卓著时，遭人唾骂；声名狼藉时，受人轻蔑和怜悯。"

"再挑吧。"仙女开口说，"别绝望，还剩两样礼物，记住我的礼物中只有一样是宝贵的，而且你很幸运，它还在这儿呢。"

"财富，它就是权力！我真瞎了眼呀！"那个男人疯狂地叫喊着，"现在，我终于挑选到生命中最有价值的礼物了。我要挥金如土，大肆炫耀。那些惯于嘲笑和蔑视的人将匍匐在我脚前的污泥中。我要用他们的忌妒来喂饱我饥饿的心魂。我要享受一切奢华、一切快乐，以及精神上的一切陶醉，肉体上的一切满足。我要买名望、买遵从、买崇敬——庸碌的人间商场所能提供的人生的种种虚荣享受。在这之前，那些糊涂的选择让我失去了许多时间。那时我懵然无知，尽挑那些貌似最好的东西。"

短暂的 3 年过去了。一天，那个男人坐在一间简陋的顶楼里瑟瑟发抖。他衣衫褴褛，身体憔悴，脸色苍白，双眼凹陷。他一边咀嚼一块干面包，一边愤愤地嘀咕道：

"为了那种种卑劣的事端和镀金的谎言，我要诅咒人间的一切礼物，以及一切徒有虚名的东西！它们根本不是礼物，只是些暂借的东西罢了。欢乐、爱情、名望、财富，都只是些暂时的伪装，它们永恒的真相是痛苦、悲伤、羞辱、贫穷。仙女说得一点不错，她的礼物之中只有一样是宝贵的，只有一样是有价值的。现在我知道，与那无价之宝相比，这些东西是多么可怜卑贱啊！那珍贵、甜蜜、仁厚的礼物呀！沉浸在无梦的永久酣睡之中，折磨肉体的痛苦和咬啮心灵的羞辱、悲伤便一了百了。给我吧！我疲倦了，我要安息。"

仙女又出现了，而且又带来了 4 样礼物，唯独没有死亡。她说：

"我把它给了一个母亲的爱儿——一个小孩子。他虽懵然无知，却信任我，求我代他挑选。你没要求我替你选择啊！"

"哦，我真惨啊！那么留给我的是什么呢？"

"侮辱，你只配遭受垂垂暮年的反复无常的侮辱。"

生命是一场旅行，不要急于到达终点

从前，有个年轻的农夫和情人相约在一棵大树下见面。他性子急，很早就来了。虽然春光明媚，鲜花烂漫，但他急躁不安，无心观赏，颓丧地坐在大树下长吁短叹。

忽然他面前出现了一个小精灵。"你等得不耐烦了吧！"精灵说，"把这个纽扣缝在衣服上吧。要是遇上不想等待的时候，向右旋转一下纽扣，你想跳过多长时间都行。"

小伙子高兴得不得了，握着纽扣，轻轻地转了一下。啊！真是奇妙！情人出现在他的眼前，正含情脉脉地凝望着他呢！"要是现在就举行婚礼该有多棒啊！"他心里暗暗地想着。他又转了一下，隆重的婚礼、丰盛的酒席出现在他的面前；美若天仙的新娘依偎着他；乐队奏响着欢快的音乐，他深深地陶醉其中。他看着美丽的新娘，又想："如果现在只有我们俩该多好！"不知不觉中纽扣又转动了一点，立刻夜阑人静……

他心中的愿望层出不穷："还要一所大房子，前面是自己的花园和果园。"他转动着纽扣，还想要一大群可爱的孩子。顿时，一群活泼健康的孩子在宽敞的客厅里愉快地玩耍。他又迫不及待地将纽扣向右转了一大半。

时光如梭，还没有看到花园里开放的鲜花和果园里累累的果实，一切就被茫茫的大雪覆盖了。再看看自己，须发皆白，已经老态龙钟了。

他懊悔不已："我情愿一步步走完一生，也不要这样匆匆而过，还是让我耐心等待吧！"扣子猛地向左转动了，他又在那棵大树下等着可爱的情人。他的焦躁烟消云散了，心平气和地看着蔚蓝的天空。原来，人生不能跳跃着前行，耐心等待才能让生命的历程充满乐趣。

不完满才是人生

　　一位名叫奥里森的人希望寻找到一个完美的人生，他某天有幸遇到了一位女士，她告诉奥里森她能帮他实现愿望，并把他带到了一所房子前让他选择他的命运。

　　奥里森谢过了她，向隔壁的房间走去。

　　里面的房间有两个门，第一个门上写着"终生的伴侣"，另一个门上写的是"至死不变心"。奥里森忌讳那个"死"字，于是便迈进了第一个门。接着，又看见两个门，左边写着"美丽、年轻的姑娘"，右面则是"富有经验、成熟的妇女和寡妇们"。

　　当然可想而知，左边的那扇门更能吸引奥里森的心。可是，进去以后，又有两个门。上面分别写的是"苗条、标准的身材"和"略微肥胖、体型稍有缺陷者"。用不着多想，苗条的姑娘更

人生当有不足，因为不完美才让人们有盼头、有希望。古人常说，人生不如意事十之八九，聪明的人常想一二。

中奥里森的意。

奥里森感到自己好像进了一个庞大的分拣器，在被不断地筛选着。下面分别看到的是他未来的伴侣操持家务的能力，一扇门上是"爱织毛衣、会做衣服、擅长烹调"，另一扇门上则是"爱打扑克、喜欢旅游、需要保姆"。当然爱织毛衣的姑娘又赢得了奥里森的心。

他推开了把手，岂料又遇到两个门。这一次，令人高兴的是，介绍所把各位候选人的内在品质也都分了类，两个门分别介绍了她们的精神修养和道德状态："忠诚、多情、缺乏经验"和"有天才、具有高度的智力"。

奥里森确信，他自己的才能已能够应付全家的生活，于是，便迈进了第一个房间。里面，右侧的门上写着"疼爱自己的丈夫"，左侧写的是"需要丈夫随时陪伴她"。当然奥里森需要一个疼爱他的妻子。下面的两个门对奥里森来说是一个极为重要的抉择，上面分别写的是"有遗产，生活富裕，有一幢漂亮的住宅"和"凭工资吃饭"。

理所当然地，奥里森选择了前者。

奥里森推开了那扇门，天啊……已经上了马路啦！那位身穿浅蓝色制服的门卫向奥里森走来。他什么话也没有说，彬彬有礼地递给奥里森一个玫瑰色的信封。奥里森打开一看，里面有一张字条，上面写着："您已经挑花了眼。人不总是十全十美的。在提出自己的要求之前，应当客观地认识自己。"

完美是种理想，不要苛求人生

有个叫伊凡的青年，读了契诃夫"要是已经活过来的那段人生，只是个草稿，有一次誊写，该有多好"这段话，十分神往，打了份报告递给上帝，请求在他的身上做个试验。

上帝沉默了一会儿，看在契诃夫的名望和伊凡的执着份上，决定让伊凡在寻找伴侣一事上试一试。

到了结婚年龄，伊凡碰上了一位绝顶漂亮的姑娘，姑娘也倾心于他，伊凡感到非常理想，他们很快结成夫妻。

不久，伊凡发觉姑娘虽然漂亮，可她一说话就"豁边"，一做事就"翻船"，两人心灵无法沟通，他把这一次婚姻作为草稿抹了。

伊凡第二次的婚姻对象，除了绝顶漂亮以外，又加上绝顶能干和绝顶聪明。可是也没多久，他发现这个女人脾气很坏，个性极强，聪明成了她讽刺伊凡的"利器"，能干成了她捉弄伊凡的手段。他不像她的丈夫，倒像她的牛马、她的工具。伊凡无法忍受这种折磨，他祈求上帝，既然人生允许有草稿，请准予三稿。

上帝笑了笑，也允了。

伊凡第三次成婚时，他妻子的优点，又加上了脾气特好一条。婚后两

人和睦亲热，都很满意。半年下来，不料娇妻患上重病，卧床不起，一张病态黄脸很快抹去了年轻和漂亮，能干如水中之月，聪明也一无所用，只剩下了毫无可言的好脾气。

从道德角度看，伊凡应与她厮守终生；但从生活角度看，无疑是相当不幸的，人生只有一次，一次无比珍贵，他试探能否再给他一次"草稿"和"誊写"。上帝面有愠色，但想到是试点，最后还是容许他再作修改。

伊凡经历了这几次折腾，个性已成熟，交际也老练了，最后终于选到了一位年轻漂亮能干、温顺健康、要怎么好就怎么好的"天使"女郎。他非常满意，正想向上帝报告成功，向契诃夫称道睿智，不想"天使"竟要变卦，她了解到伊凡是一个朝三暮四、贪得无厌，连病人也不体恤的浪荡男人，提出要解除婚约。

上帝很为难，但为了确保伊凡的试点，未允。

"天使"说："我们许多人被伊凡做了草稿，如果试验是为了推广，难道我们就不能有一次草稿和誊写的机会？"

上帝理屈，无法自圆，最后只好让伊凡也作为草稿，誊写在外。

满腹狐疑的伊凡，正在人生路上踟蹰，忽见前方新竖一杆路标，是契诃夫二世写的："完美是种理想，允许你修改 10 次也不会没有遗憾！"

规则比速度更重要

虎大王的府邸需要一名守卫，虎大王决定采取公开招聘的办法确定守卫由谁来当。

有关招聘的通知发出以后，动物们纷纷报名。经过层层筛选，黄牛、狐狸、老鼠胜出，进入最后的选拔程序。这三名动物各有所长，都身手不凡。黄牛力大无穷，且忠心耿耿；狐狸聪明绝顶，行动敏捷；老鼠十分机警，并善于打洞。总之，三位都是动物中的佼佼者，谁都有能力胜任守卫一职。然而，守卫的名额只有一个，只能采取公平竞争的方式进行淘汰。

最后的选拔采取现场比赛的办法。比赛的内容是：三名竞聘者从山底出发奔向山顶那棵老松树，要求沿着山间那条羊肠小道奔向目标。这条羊肠小道弯弯曲曲，是老弱病残者常走的道。

比赛开始了。狐狸沿着羊肠小道飞奔一阵后，心想：我能找到一百条通向山顶老松树的路，哪条路都比那条羊肠小道近。它向四周望了望，没有看到其他动物，于是，它迅速离开羊肠小道，沿着一条捷径奔向山顶。老鼠沿着羊肠小道跑了一阵后，心想，傻瓜才按规定的路线跑呢。它很熟练地钻进路旁的一个地洞，这洞直通山顶。黄牛则不然，黄牛也能找到通往山顶的捷径，但它想，比赛规定是沿羊肠小道奔向山顶，如果走捷径那就是欺诈行为，而黄牛的处世原则是不欺诈。这个原则，黄牛在任何时候都不会放弃。

老鼠第一个到达老松树下，它的脸上露出得意的微笑，好像是在说：瞧，我赢了。狐狸第二个到达目的地，它看到老鼠先到了，脸上露出不服气的神情。黄牛最后一个到达山顶，它看了看先到的老鼠和狐狸，心里很平静，它早已料到了这一结果。

虎大王早已在山顶等候。三名动物到达山顶后，它宣布比赛结果：黄牛胜利了，守卫一职由黄牛担当。

大家对此结果感到莫名其妙。

明明是黄牛落在后面，怎么能认定它赢了呢？

老鼠、狐狸都表示不服，在虎大王面前要讨个说法。

只见虎大王不紧不慢地说，这次比赛是规则测试，考的是谁能遵守规则，规则比速度更重要，你们懂吗？

闻听此言，大家如梦方醒。

遵守规则的人给人忠诚可靠的印象；而常常投机取巧、喜欢耍小聪明的人则给人滑头、靠不住的感觉。所以，相比之下，前者在人们心目中的地位要明显高于后者。

❧ 定期修复你的灵魂 ❧

曾经有一个都市白领在日记中这样写道：

前几天，遇到一个好久不见的朋友，聊天的时候，他问了我这样一句话："你是怎么休假的？"面对这个极其普通的问题，我竟半天答不上来。后来，静下心来仔细想想，我最大的苦恼，就是很难找到真正属于自己的时间。一周 5 天，一天 8 个小时，工作时的紧张繁忙自不必说，连准时下班对我来说都是一种奢侈，因为多半时候到了下班时间还无法结束工作。

生活中需要一些属于我们自己的时间。巴尔扎克说过，躬身自问

当你的生活变得干涸乏味，当你的内心需要审视自己的时候，给自己留出一段时间，试着安静下来，认真倾听自己内心最真实的声音。

和沉思默想能够充实我们的头脑。生活中，我们需要为自己找出一段完全属于自己的时间，和自己的心灵对话，体味生命的意义。有人问古希腊大学问家安提司泰尼："你从哲学中获得什么呢？"

他回答说："同自己谈话的能力。"同自己谈话，就是发现自己，发现另一个更加真实的自己。

其实很多时候我们就是自己最好的知音，世界上还有谁能比自己更了解自己？还有谁能比自己更能替自己保守秘密呢？因此，当你烦躁、无聊的时候，不妨给自己一点时间，和自己的心灵认真地对话，让心灵退入自己的灵魂中，静下心来聆听自己心灵的声音，问问自己：

1. 我拥有什么

通常，我们会为自己没有的东西而苦恼，却看不到自己拥有的，例如，健康——可以听、可以看、可以爱与被爱，每天拥有食物供我们享用等。正如那句口口相传的话所说的："失去了才知道珍贵。"让我们走出哀怨，这样就可以看到什么是我们拥有的。

2. 我应该为什么感到自豪

我们可以为自己已经取得的成绩而自豪。成绩不分大小，每一次成绩都意味着向前迈了一步。你可以为你刚刚战胜的一个挑战感到骄傲，可以为你帮助了一个陌生人而感到幸福，可以为帮助了一个朋友露出微笑，也可以为结识了新朋友或读了一本新书而高兴。总之，所有的一切都值得你自豪。

3. 我应对什么心存感激

每天都有很多事情让我们为之心存感激，同时也有很多人值得我们感激，因为他们在无形中教会了我们一些事情。生活的每一天，对于我们来说都是一份珍贵的礼物。

4. 我今天能解决什么问题

设法把原本想留到明天才解决的那些问题今天就解决掉，尽量在当天完成手边的工作，要敢于面对那些棘手的问题，并换一种角度看待它们。

5. 我能抛下过去的包袱

"过去的包袱"就是指那些常年积累起来的伤心的经历和怨气。背着这些沉重的包袱有什么用呢？建议你对过去做一个总结，把值得借鉴的经验保存起来，然后永远地卸下重负。

6. 我怎样过好今天

要过好今天，我们就应该尝试着做些与往常不一样的事情。如果我们走出常规，学会享受生活，那么生活就是丰富多彩的。我们要敢于创造和创新。

7. 今天我要拥抱谁

拥抱是我们的精神食粮。曾经有一位心理学家说过，要想健康，每天要至少拥抱 8 次。身体接触是人最为基础的要求，它甚至可以帮助我们开发大脑。

8. 我现在就开始行动

其实，每天的生活都不是你想象中的那样，是让生活过得索然无味，还是积极向上，决定权都在自己的手中。从现在开始，行动起来，努力过上幸福的生活，你就不会失去什么。

记住雨果的话："笑就是阳光，它能消除人们脸上的冬色。"

第二章

得意时泰然，失意时淡然

人，就是一条河，河里的水流到哪里都还是水，这是无异议的。但是，河有窄、有宽、有平静、有清澈、有冰冷、有混浊等现象，而人也一样。

⚛ 不要和自己过不去 ⚛

　　两个有着亚洲血统的孤儿，后来都被来自欧洲的外交官家庭所收养。两个人都上过世界各地有名的学校。但他们两个人之间存在着不小的差别：其中一位是40岁出头的成功商人，他实际上已经可以退休享受人生了；而另一个是学校教师，收入低，并且一直觉得自己很失败。

　　有一天，他们在一起吃晚饭。晚餐在烛光映照中开场了，不久话题进入了在国外的生活。因为在座的几个人都有过周游列国的经历，所以他们开始谈论在异国他乡的趣闻轶事。随着话题的一步步展开，那位学校教师开始越来越多地讲述自己的不幸：她是一个如何可怜的亚细亚孤儿，又如何被欧洲来的父母领养到遥远的瑞士，她觉得自己是如何的孤独。

开始的时候，大家都表现出同情。随着她的怨气越来越重，那位商人变得越来越不耐烦，终于忍不住在她面前把手一挥，制止了她的叙述："够了！你说完了没有？！你一直在讲自己有多么不幸。你有没有想过如果你的养父母当初在成百上千个孤儿中挑了别人又会怎样？"

学校教师直视着商人说："你不知道，我不开心的根源在于……"然后接着描述她所遭遇的不公正待遇。

最终，商人朋友说："我不敢相信你还在这么想！我记得自己25岁的时候无法忍受周围的世界，我恨周围的每一件事，我恨周围的每一个人，好像所有的人都在和我作对似的。我很伤心无奈，也很沮丧。我那时的想法和你现在的想法一样，我们都有足够的理由报怨。"他越说越激动。"我劝你不要再这样对待自己了！想一想你有多幸运，你不必像真正的孤儿那样度过悲惨的一生，实际上你接受了非常好的教育。你负有帮助别人脱离贫困的责任，而不是找一堆自怨自艾的借口把自己围起来。在我摆脱了顾影自怜，同时意识到自己究竟有多幸运之后，我才获得了现在的成功！"

那位教师深受震动。这是第一次有人否定她的想法，打断了她的凄苦回忆，而这一切回忆曾是多么容易引起他人的同情。

商人朋友很清楚地说明他二人在同样的环境下历经挣扎，而不同的是他通过清醒的自我选择，让自己看到了有利的方面，而不是不利的阴影，"凡墙都是门"，即使你面前的墙将你封堵得密不透风，你也依然可以把它视作你的一种出路。

希望，造就积极心态

　　鲁迅曾经说过："希望是附着于存在的，有存在，便有希望，有希望，便是光明。"的确，人活着不能没有希望，否则会像失去控制的小船，随波浮沉。希望是热情之母，它孕育着荣誉，孕育着力量，孕育着生命，它使濒临死亡的人看到了生存，使屡遭挫折的人看到了成功，使身处绝境的人看到了力挽狂澜的可能。

　　英国史学家卡莱尔经过多年的艰辛耕耘，终于完成了《法国大革命史》的全部文稿，却在发表前意外地被佣人付之一炬。当初他每写完一章，便随手把原来的笔记、草稿撕得粉碎，这意味着他若想继续，一切就必须从零开始。他的确是绝望极了，但是向子孙后代讲述法国大革命史的希望渐渐驱散了绝望之云。他又重新搜集整理素材，开始了又一次呕心沥血的写作，第二次完成了《法国大革命史》。卡莱尔虽然厄运当头，却没有失去心中的希望。正是这希望，使他走出阴影，振作精神，重新以极大的热情投入到写作中去。

　　古今中外，许多曾经胸怀大志的人最终一事无成，其中一个重要原因，就是在困难面前他们失去了希望。西班牙思想家松苏内吉曾说过："我唯一不能缺少的东西就是希望。"当拥有了希望，无论在怎样的黑暗之中也会看到光明，无论怎样的痛苦也会感到快乐。在漫漫的人生道路上，拥有希望就像是无边大海中的灯塔，指引着我们前进。

态度决定人生的高度

一天，有位哲学家带弟子们出行。途中，他问弟子们："有一种东西，跑得比光速还快，瞬间能穿越银河系，到达遥远的地方……这是什么？"弟子们争着回答："我知道、我知道，是思想！"

哲学家微笑着点点头："那么，有另外一种东西，跑得比乌龟慢，当春花怒放时，它还停留在冬天；当头发雪白时，它仍然是个小孩子的模样，那又是什么？"

弟子们不知如何回答。

"还有，不前进也不后退，没出生也不死亡，始终漂浮在一个定点。谁能告诉我，这又是什么？"

弟子们更加茫然，面面相觑。

"答案都是思想！它们是思想的三种表现，换个角度来看，也可比喻成三种人生。"

望着聚精会神的弟子们，哲学家解释说："第一种是积极奋斗的人生：当一个人不断力争上游，对明天永远充满希望和信心，这种人的心灵不受时空限制，他就好比一只射出的箭矢，总有一天会超越光速，驾驭万物之上。"

"第二种是懒惰的人生：他永远落在别人的屁股后面，捡拾他人丢弃的东西，这种人注定被遗忘。"

"第三种是醉生梦死的人生：当一个人放弃努力、苟且偷安时，他的命运是冰封的，没有任何机会来敲门，不快乐也无所谓痛苦。这是一个注定悲哀的人，像水母的空壳漂浮于海中，不存在于现实世界，也不在梦境里……"

弟子们大悟。播种怎样的人生态度，将收获怎样的生命高度和深度。

❧生活如镜❧

生活需要微笑。面对人生的风雨、情感的失意、事业的低谷，不妨淡淡一笑。

笑代表着乐观、达观；笑是一种胸怀；笑更是一种生活的境界；笑还是对生活的勇气和信心。

给生活以微笑，生活必将还你以微笑。

当我们冷落了快乐、幸福时，多读一读美国作家奥格·曼迪诺的《笑遍世界》，你会从中寻见幸福的踪影：

我要笑遍世界。

世上种种到头来都会成为过去。心力衰竭时，我安慰自己，这一切都会过去；当我因成功洋洋得意时，我提醒自己，这一切都会过去；穷困潦倒时，我告诉自己，这一切都会过去；腰缠万贯时，我也告诉自己，这一切都会过去。是的，昔日修筑金字塔的人早已作古，埋在冰冷的石头下面，而金字塔有朝一日，也会埋在沙子下面。如果世上种种终必成空，我又为何为今日的得失斤斤计较。

我要笑遍世界。

我要用笑声点缀今天，我要用歌声照亮黑夜。我不再苦苦寻觅快乐，我要在繁忙中忘记悲伤。

我要笑遍世界。

笑声中，一切都显露本色。我笑自己的失败，它们将化为梦的云彩；我笑自己的成功，它们终将恢复本来面目；我笑邪恶，它们远我而去；我笑善良，它们发扬光大。我要用我的笑容感染别人，虽然我的目的自私，因为皱起眉头会让顾客弃我而去。

我要笑遍世界。从今往后，我只因幸福而落泪，因为悲伤而悔恨，挫折的泪水毫无价值，只有微笑可以换来财富，善言可以建起一座城堡。

我不再允许自己因为变得重要、聪明、体面、强大而忘记嘲笑自己和周围的一切。在这一点上，我要永远像小孩子一样，因为只有做回小孩子，我才能尊敬别人，我才不会自以为是。

我要笑遍世界。

只要我能笑，就永远不会贫穷。这也是天赋，我不再浪费它。只有在笑声和快乐中，我才能真正体会到成功的滋味，只有在笑声和快乐中，我才能享受劳动的果实，如果不是这样的话，我会失败，因为快乐是提味的美酒佳酿。要享受成功，必须先有快乐，而笑声便是那伴娘。

我要笑遍世界。

生活如镜。给生活以微笑，生活必将还你以微笑。

知足才能富足

　　大哲人老子曾说过："祸莫大于不知足，咎莫大于欲得。"这句话在今天有着尤其特殊的意义。纵观今日一些落马之人，探其缘由，"祸咎"概莫能出其"不知足"和"欲得"之外。贪婪的欲望使得一个又一个春风得意的"能人"，从马上倏然坠地，沦为"阶下囚"，甚至走上"断头台"。

　　自老子以后，很多先哲都提倡"知足知止"的教条，这个教条也确实在紧紧地约束着中国人的行止。比如庄子就是一个清心寡欲的人，他曾告诫人们："知足者，不以利自累也。"王廷相则说："君子不辞乎福，而能知足也；不去乎利，而能知足也。故随遇而安，有天下而不与也，其道至矣乎！"吕坤也有一言曰："万物安于知足，死于无厌。"

由古至今，人类始终难以摆脱欲望，同时在欲望的追逐中不乏涌现出一些有明智之举的理性人物。

希腊哲学家克里安德，当年虽已 80 高龄，但依然仙风鹤骨，非常健壮，有人问他："谁是世上最富有的人！"

克里安德斩钉截铁地说："知足的人。"

这句话恰和老子的"知足者富"的说法如出一辙。

曾有人问当代美国最富有的石油大王史泰莱："怎样才能致富？"

这位石油大王不假思索地回答："节约。"

"谁比你更富有？"

"知足的人。"

"知足就是最大的财富吗？"

史泰莱引用了罗马哲学家塞涅卡的一句名言来回答说："最大的财富，在于无欲。"

塞涅卡还有一句智慧的话："如果你不能对现在的一切感到满足，那么纵使让你拥有全世界，你也不会幸福。"

最妙的是，罗马大政治家兼哲学家西塞罗也曾有类似的说法："对于我们现在有的一切感到满足，就是财富上的最大保证。"

知足者常乐，知足便不做非分之想；知足便不好高骛远；知足便安若止水、气静心平；知足便不贪婪、不奢求、不巧取豪夺。知足者温饱不虑便是幸事；知足者无病无灾便是福泽。"知份心自足，委顺常自安"，这其中的玄机，就靠自己去参悟了。过分地贪婪、无理的要求，只是徒然带给自己烦恼而已，在日日夜夜的焦虑企盼中，还没有尝到快乐之前，已饱受痛苦煎熬了。因此古人说："养心莫善于寡欲。"我们如果能够把握住自己的心，驾驭好自己的欲望，不贪得、不觊觎，做到寡欲无求，役物而不为物役，生活自然能够知足常乐、随遇而安了。

❧ 失意时要懂得心宽 ❧

月有阴晴圆缺，人生也是如此。亲人反目、朋友失和、
情场失意、工作不得志……某个时候，人生之路会突然堵
车，让你无所适从。

古人说："人生得意须尽欢。"其实，人生失意时也不能
停下脚步，与沉沦为伍。

历史上许多有成就者都有过失意的时候，但他们都能失
意不失志，都能做到胜不骄、败不馁。司马迁因李陵一案
而身受腐刑，但他没有被打垮，反而成就了他"史家之绝
唱，无韵之离骚"的传世之作。

失意，会使人细细品味人生，反复咀嚼苦辣，培养自
身悟性，不断完善自己，失意而不失志，痛定思痛，重创业
绩。失意不是一束鲜花而是一丛荆棘。鲜花虽令人怡情，但
常常使人失去警惕；荆棘虽叫人心悸，但却使人头脑清醒。

失意，犹如逆境，而逆境是到达理想境界的通途。英国
学者贝弗里奇曾说过："人们最出色的工作，往往在处于逆

境的情况下做出，思想上的压力，甚至肉体上的痛苦，都可能成为精神上的兴奋剂。"善待失意，常常会产生一种无形的鞭策，催人奋进。

失意，是一帖清醒剂，而清醒剂是一条鞭子，它使人知不足。知不足则思学习，学习便有知识，知识愈多愈能善待失意，将失意当作攀登时的手杖。

失意，是一面镜子，而镜子能照见人的污浊。见朽而小怒，悉心审视自身，再闯新路。一次失意就灰心失望的人，永远是个失败者。善待失意，因为人生本就是一场无休止的战斗，而失意便是无形的敌人，善待失意就能战胜失意。

人生得意，可歌可泣；人生失意，亦需善待。因为人生难免不如意，每个人的一生中，随时都会碰上湍流和险境。如果低下头来，看到的只是险恶与绝望，在眩晕之中失去了生命的斗志，就使自己堕入地狱里。而我们若能抬头，看到的则是一片辽阔的天空，那是一个充满了希望，并让我们飞翔的天地。

简单即幸福

住在田边的蚂蚱对住在路边的蚂蚱说："你这里太危险，搬来跟我住吧！"路边的蚂蚱说："我已经习惯了，懒得搬了。"几天后，田边的蚂蚱去探望路边的蚂蚱，却发现它已被车子压死了。

——原来掌握命运的方法很简单，远离懒惰就可以了。

一只小鸡破壳而出的时候，刚好有只乌龟经过，从此以后，小鸡就打算背着蛋壳过一生。它受了很多苦，直到有一天，它遇到了一只大公鸡。

——原来摆脱沉重的负荷很简单，寻求名师指点就可以了。

一个孩子对母亲说："妈妈你今天好漂亮。"母亲问："为什么？"孩子说："因为妈妈今天一天都没有生气。"

——原来要拥有漂亮很简单，只要不生气就可以了。

一位农夫，叫他的孩子每天在田地里辛勤工作，朋友对他说："你不需要让孩子如此辛苦，农作物一样会长得很好的。"农夫回答说："我不是在培养农作物，我是在培养我的孩子。"

——原来培养孩子很简单，让他吃点苦头就可以了。

有一家商店经常灯火通明，有人问："你们店里到底是用什么牌子的灯管？那么耐用。"店家回答说："我们的灯管也常常坏，只是我们坏了就换而已。"

——原来保持明亮的方法很简单，只要常常换掉坏的灯管就可以了。

有一支淘金队伍在沙漠中行走，大家都步伐沉重，痛苦不堪，只有一个人快乐地走着，别人问："你为何如此惬意？"他笑着说："因为我带的东西最少。"

——原来快乐很简单，只要放弃多余的包袱就可以了。

当代作家刘心武曾说："在五光十色的现代世界中，应该记住这样古老的真理：活得简单才能活得自由。"

简单是一种美，是一种朴实且散发着灵魂香味的美。

简单不是粗陋，不是做作，而是一种真正的大彻大悟之后的升华。

现代人的生活太复杂了，到处都充斥着金钱、功名、利欲的角逐，到处都充斥着新奇和时髦的事物。被这样复杂的生活所牵扯，我们能不疲惫吗？

美国哲学家梭罗有一句名言感人至深："简单点儿，再简单点儿！奢侈与舒适的生活，实际上妨碍了人类的进步。"他发现，当他生活上的需要简化到最低限度时，生活反而更加充实。因为他已经无须为了满足那些不必要的欲望而使心神分散。

简单地做人，简单地生活，不依附权势，不贪求金钱，心静如水，无怨无争，拥有一份简单的生活，不也是一种很惬意的人生。

用平常心对待生活

　　在果园的核桃树旁边，长着一棵桃树，它的嫉妒心很重，一看到核桃树上挂满的果实，心里就觉得很不是滋味。

　　"为什么核桃树结的果子要比我多呢？"桃树愤愤不平地抱怨着，"我有哪一点不如它呢？老天爷真是太不公平了！不行，明年我一定要和它比个高低，结出比它还要多的桃子！让它看看我的本事！"

　　"你不要无端嫉妒别人啦，"长在桃树附近的老李子树劝诫道，"难道你没有发现，核桃树有着多么粗壮的树干、多么坚韧的枝条吗？你也不动动脑想一想，如果你也结出那么多的果实，你那瘦弱的枝干能承受得了吗？我劝你还是安分守己，老老实实地过日子吧！"

　　自傲的桃树可听不进李子树的忠告，嫉妒心蒙住了它的耳朵和眼睛，不管多么有理的规劝，对它都起不到任何作用了。桃树命令它的树根尽力钻得深些、再深些，要紧紧地咬住大地，把土壤中能够汲取的营养和水分统统都吸收上来。它还命令树枝使出全部的力气，拼命地开花，开得越多越好，而且要保证让所有的花朵都结出果实。

　　它的命令生效了，第二年花期一过，这棵桃树浑身上下密密麻麻地挂满了桃子。桃树高兴极了，它认为今年可以和核桃树好好比个高低了。

充盈的果汁使得桃子一天天加重了分量，渐渐地，桃树的树枝、树权都被压弯了腰，连气都喘不过来了。可是桃树不肯放弃即将到来的荣耀，它下令树枝与树权要坚持住，不能半途而废。

一天，不堪重负的桃树发出一阵哀鸣，紧接着就听到"咔嚓"一声，树干齐腰折断了。尚未完全成熟的桃子滚落了一地，在核桃树脚下渐渐地腐烂了。

拥有平常心，你也就拥有了人格魅力，也就能"任云卷云舒去留无意"。平常心是宠辱不惊的心，它能够使你视金钱如粪土，视功名为过眼烟云。拜伦说："真有血性的人，绝不乞求别人的重视，也不怕被人忽视。"爱因斯坦用钞票当书签，居里夫人把诺贝尔奖牌给女儿当玩具。莫笑他们的"荒唐"之举，这正是他们淡泊名利的平常心的表现，是他们崇高精神的折射。

当你用一颗平常心去对待生活时，你就会发现真情就在你身边。平常心是理解、宽容、忍让的心，就是欢乐别人的欢乐、痛苦别人的痛苦、喜悦别人的喜悦。多一分理解和关爱，世界就多一分真善美。

拥有平常心，你就会奋发进取。平常心是颗尊重别人的心，就是尊重别人的劳动、人格、理想、信仰等。尊重使自己无形间得到好的修养，感受到精神的美。平常心是颗坚强的心，不畏泥泞路，不怕风雪夜。它使人始终奋勇向前，永不倒下。

一棵柔弱的小草，在陡峭的断岩上，在狂风中它几乎要被连根拔起，但它摇曳的身姿却透出它的坚强不屈与从容不迫。

平常心不是看破红尘，也不是消极遁世。平常心是一种境界，平常心是一种积极的心态。以平常心观不平常事，则事事平常。不以物喜，不以己悲。工作本极平常，以平常心视之，则利于敬业不衰，充分发挥自身潜力。

希望那些缺乏自知之明、贪慕虚荣而又缺少平常心的人能从这则故事中得到有益的教育和启示。

🐚下山的也是英雄🐚

　　人们习惯于对爬上高山之巅的人顶礼膜拜，把高山之巅的人看作是偶像、英雄，却很少将目光投放在下山的人身上。这是人之常理，但是实际上，能够及时主动地从光环中隐退的下山者也是"英雄"。

　　有多少人把"隐退"当成"失败"。曾经有过非常多的例子显示，对于那些惯于享受欢呼与掌声的人而言，一旦从高空中掉落下来，就像是艺人失掉了舞台，将军失掉了战场，往往因为一时难以适应，而自陷于绝望的谷底。

　　心理专家分析，一个人若是能在适当的时间选择做短暂的隐退（不论是自愿还是被迫），都是一个很好的转机，因为它能让你留出时间观察和思考，使你在独处的时候找到自己内在真正的世界。

　　唯有离开自己当主角的舞台，才能防止自我膨胀。虽然，失去掌声令人惋惜，但换一种思维看问题，心理专家认为，"隐退"就是进行深层学习。一方面挖掘自己的阴影，一方面重新上发条，平衡日后的生活。当你志得意满的时候，是很难想象没有掌声的日子的。但如果你要一辈子获得持久的掌声，就要懂得享受"隐退"。

　　作家班塞说过一段令人印象深刻的话："在其位的时候，总觉得什么都不能舍，一旦真的舍了之后，又发现好像什么都可以舍。"曾经做过杂志主编，翻译出版过许多知名畅销书的班塞，在他事业巅峰的时候退下来，选择当个自由人，重新思考人生的出路。

40 岁那年，欧文从人事经理被提升为总经理。3 年后，他自动"开除"自己，舍弃堂堂"总经理"的头衔，改任没有实权的顾问。

正值人生最巅峰的阶段，欧文却奋勇地从急流中跳出，他的说法是："我不是退休，而是转进。"

"总经理"三个字对多数人而言，代表着财富、地位，是事业身份的象征。然而，短短 3 年的总经理生涯，令欧文感触颇深的，却是诸多的"无可奈何"与"不得已而为"。

他全面地打量自己，他的工作确实让他过得很光鲜，周围想巴结自己的人更是不在少数，然而，除了让他每天疲于奔命，穷于应付之外，他其实活得并不开心。这个想法，促使他决定辞职。"人要回到原点，才能更轻松自在。"他说。

辞职以后，司机、车子一并还给公司，应酬也减到最低。不当总经理的欧文，感觉时间突然多了起来，他把大半的精力拿来写作，抒发自己在广告领域多年的观察与心得。

"我很想试试看，人生是不是还有别的路可走。"他笃定地说。

事实上，欧文在写作上很有天分，而且多年的职场经历给他积累了大量的素材。现在欧文已经是某知名杂志的专栏作家，期间还完成了两本管理学著作，欧文迎来了他的第二个人生辉煌。

事实上，"隐退"很可能只是转移阵地，或者是为了下一场战役储备新的能量。但是，很多人认不清这点，反而一直缅怀着过去的光荣，他们始终难以忘情"我曾经如何如何"，不甘于从此做个默默无闻的小人物。走下山来，你同样可以创造辉煌，同样是个大英雄！

唯有离开自己当主角的舞台，才能防止自我膨胀。虽然，失去掌声令人惋惜，但换一种思维看问题，这何尝不是另一种惬意的生活呢。

❦ 知足才能常乐 ❦

有一个村庄，里面住着独眼的瞎爷。

瞎爷的左眼是在他 9 岁那年瞎的。一场高烧之后，他忽然对他的爹娘说："我的左眼看不见东西了！"两位老人一惊，忙过来用手在他左眼前晃，而那只左眼果然像坏了的钟摆一样一动不动。他爹娘顿时泪流满面，独生的儿子瞎了一只眼睛可怎么办呀！没料到爹娘哭得伤心的时候，他却慢腾腾地说："爹娘，你们哭啥，应该笑才对！这场病不是只弄坏了我一只眼吗？左眼瞎了，右眼还能看得见呢！总比两只眼都弄坏了要好嘛！你们想一想，我比起世界上的那些双目失明的人，不是要强多了吗？"儿子的一番话，把两位老人惊住了，后来想想也有理，于是停止了流泪。

他的家境不好，爹娘无力供他读书，只好让他去私塾里旁听。他的爹娘为此十分伤心，瞎爷当时却劝道："我如今也已识了些字，虽然不多，但总比那些一天书没念，一个字不识的孩子强多了吧！"爹娘一听也觉得安然了许多。

后来，瞎爷娶了个嘴巴很大的媳妇。爹娘又觉得对不住儿子，瞎爷劝他们说："能娶到这样的一个媳妇已经很不错了，和世界上的许多光棍汉比起来，简直可以说是好到天上去了！"这个媳妇勤快、能干，可脾气不好，不温柔、不驯服，把婆婆气得心口疼。儿子劝道："娘，你这个媳妇是有些不大称你的心意，可是你想想，天底下比她差得多的媳妇还有不少。你的儿媳妇脾气虽是暴躁了些，不过还是很勤快，又不骂人。"爹娘一听真有些道理，怄的气也少了。

瞎爷的孩子都是闺女，于是媳妇总觉得对不起他们家，瞎爷又劝他的媳妇道："这有什么值得愧疚的呢？我认为你还是个很有能耐的女人哩！世界上有好多结了婚的女人，压根儿就没有孩子，别说五个女儿，她们连一个女儿都生不出来。咱们这五个女儿，等到长大之后就会有五个女婿，日后等咱们老了，逢年过节的时候，五个女儿女婿一起提了酒、拎了肉回来孝敬咱们两个老人，那该多热闹！那些家虽有儿子几个，却姉娌不和，婆媳之间争得不得安宁，我们与这样的家相比，不知要强多少倍！"

可是，瞎爷家确实贫寒得很，妻子实在熬不下去了，便不断抱怨。瞎爷说："你只跟那些住进深宅大院、家有万贯资财、顿顿吃肉喝酒的人家相比，你自然是越比越觉得咱这日子是没法过了，但是你只要瞧瞧那些拖儿带女四处讨饭的人家，白天饱一顿饥一顿，晚上睡在别人家的屋檐下，弄不好还会被狗咬一口，你就会觉得咱家这日子还真是不赖。虽然咱没有馍吃，可是咱们还有稀饭可以喝；虽然咱们家买不起新衣服，可是总还有旧的衣裳穿，我们家这房子虽然有些漏雨的地方，可总还是住在屋子里边，和那些讨饭维持生活的人相比，我们家的日子可以算是天堂了……"

瞎爷老了，想在合眼前把棺材做好，然后安安心心地走。可做的棺材属于非常寒酸的那一种，妻子愧疚不已，瞎爷劝说："这棺材比起富豪家的上等柏木是差远了，可是比起那些穷得连棺材都买不起、

尸体用草席卷的人，不是要强多了吗？"

瞎爷活到72岁，无疾而终。在他临死之前，对哭泣的老伴说："有啥好哭的，我已经活到72岁，比起那些活到八九十岁的人，不算高寿，可是比起那些四五十岁就死了的人，我不是好多了吗？"

瞎爷死的时候，面孔安详，眼角还留有笑容……

瞎爷的人生观，正是一种乐天知足的人生观，一种只和那些境况不如自己的人相比，而永远不和那些比自己强的人攀比，并以此而找到了快乐的人生哲学。

美国人艾迪·雷根伯克在探险时，与他的同伴迷失在浩瀚的太平洋里，他们毫无希望地在救生筏上漂流了21天之久。艾迪说："我从那次经验里所学到的最重要的一课是：如果你有足够的新鲜的水可以喝，有足够的食物可以吃，你就绝不要再抱怨任何事情了。"艾迪在他浴室的镜子上贴着这样几句话，好让自己每天早上刮胡子的时候都能看到：

"人家骑马我骑驴，

回头看看推车汉，

比上不足，比下有余。"

知足是对欲望的一种理性的审视。如果你有一颗牙痛起来，那你就要欢欢喜喜，因为你不是满口牙都痛。你手上扎了一根刺，你高兴地喊一声："幸亏不是扎在眼睛里！"

知足是一种境界，知足的人总是微笑着面对生活，在知足的人眼里，世界上没有解决不了的问题，没有过不去的河，他们会为自己寻找合适的台阶，而绝不会庸人自扰。知足是一种大度，大"肚"能容天下事，在知足者的眼里，一切过分的纷争和索取都显得多余，在他们的天平上，没有比知足更容易求得心理平衡了。知足是一种宽容，对他人宽容，对社会宽容，对自己宽容，这样才会得到一个相对宽松的生存环境。知足常乐，此之谓也。

成功时看得起别人，失败时看得起自己

相信自己，别人才能相信你

现实中，许多人说：我相信我自己，我是最棒的！当我们在喊这些口号时，我们是否真的相信自己？我们会不会一出门或遇到一点困难，就忘掉刚才所喊的这句话呢？

自信是一种可贵的心理品质，它一方面需要培养，一方面也要依赖知识、体能、技能的储备。

在培养自信时，要注意以下两点：一是注重暗示的作用。"暗示"是一个心理学名词，主要指人的主观感受、主观意识对人的行为的一种引导、控制作用。在做一件事情之前，心中默念"我能干好"或"我能行"之类的话，这样可使自己从心理上放松，久而久之也逐渐地培养了自信的品质。

二是从行为方式上给人以自信的印象。行为方式是人的思想品质的外在体现，如果行动上畏畏缩缩，或者不知所措，很难令人把你同自信联系起来。与人谈话时，要看着对方的眼睛（当然不能死死地盯着），不躲避对方的目光；说话时要尽量清晰而有条理地表达，不让声音憋在嗓子里。如果对要表述的内容心中没底，就预演一番，这样心里就有把握了。

　　知识、技能的储备是自信的基础，具备了足够的知识和实际能力，自信就会发自内心，不必强装。否则，越是显得自信，就越是不自信。

　　只有自己真的相信自己，才能让别人相信你。

　　有一位顶尖的杂技高手，一次，他参加了一个极具挑战的演出，这次演出的主题是在两座山之间的悬崖上架一条钢丝，而他的表演节目是从钢丝的这边走到另一边。杂技高手走到悬在山上钢丝的一头，然后注视着前方的目标，并伸开双臂，慢慢地挪动着步子，终于顺利地走了过去。这时，整座山响起了热烈的掌声和欢呼声。

　　"我要再表演一次，这次我要绑住我的双手走到另一边，你们相信我可以做到吗？"杂技高手对所有的人说。我们知道走钢丝靠的是双手的平衡，而他竟然要把双手绑上。但是，因为大家都想知道结果，所以都说："我们相信你，你是最棒的！"杂技高手真的用绳子绑住了双手，然后用同样的方式一步、两步……终于又走了过去。"太棒了，太不可思议了！"所有的人都报以热烈的掌声。但没想到的是杂技高手又对所有的人说："我再表演一次，这次我同样绑住双手然后把眼睛蒙上，你们相信我可以走过去吗？"所有的人都说："我们相信你！你是最棒的！你一定可以做到！"

　　杂技高手从身上拿出一块黑布蒙住了眼睛，用脚慢慢地摸索到钢丝，然后一步一步地往前走，所有的人都屏住呼吸，为他捏一把汗。终于，他走过去了！表演好像还没有结束，只见杂技高手从人群中找到一个孩子，然后对所有的人说："这是我的儿子，我要把他放到我的肩膀上，我同样还是绑住双手、蒙住眼睛走到钢丝的另一边，你们相信我吗？"所有的人都说："我们相信你！你是最棒的！你一定可以走过去的！"

"真的相信我吗？"杂技高手问道。

"相信你！真的相信你！"所有人都这样说。

"我再问一次，你们真的相信我吗？"

"相信！绝对相信你！你是最棒的！"所有的人都大声回答。

"那好，既然你们都相信我，那我把我的儿子放下来，换上你们的孩子，有愿意的吗？"杂技高手说。

这时，整座山上鸦雀无声，再也没有人敢说相信了。

繁花尽开花易落，得意之时莫忘形

　　唐朝郭子仪爵封汾阳王，王府建在首都长安的亲仁里。汾阳王府自落成后，每天都是府门大开，任凭人们自由进进出出，而郭子仪不允许其府中的人对此加以干涉。有一天，郭子仪帐下的一名将官要调到外地任职，来王府辞行。他知道郭子仪府中百无禁忌，就一直走进了内宅。恰巧，他看见郭子仪的夫人和他的爱女正在梳妆打扮，而王爷郭子仪正在一旁侍奉她们，她们一会儿要王爷递毛巾，一会儿要他去端水，使唤王爷就好像奴仆一样。这位将官当时不敢讥笑郭子仪，回家后，他禁不住讲给他的家人听，于是一传十，十传百，没几天，整个京城的人都把这件事当成笑话来谈论。郭子仪听了倒没有什么，他的几个儿子听了却觉得大丢王爷的面子，他们决定对父亲提出建议。

　　他们相约一齐来找父亲，要他下令，像别的王府一样，关起大门，不让闲杂人等出入。郭子仪听了哈哈一笑，几个儿子哭着跪下来求他，一个儿子说："父王您功业显赫，普天下的人都尊敬您，可是您自己却不尊重自己，不管什么人，您都让他们随意进入内宅。孩儿们认为，即使商朝的贤相伊尹、汉朝的大将霍光也无法做到您这样。"

　　郭子仪听了这些话，收敛了笑容，对他的儿子们语重心长地说："我敞开府门，任人进出，不是为了追求浮名虚誉，而是为了自保，为了保全我们全家人的性命。"

　　儿子们感到十分惊讶，忙问其中的道理。

第三章　成功时看得起别人，失败时看得起自己

043

郭子仪叹了一口气，说道："你们光看到郭家显赫的声势，而没有看到这声势有丧失的危险。我爵封汾阳王，往前走，再没有更大的富贵可求了。月盈而蚀，盛极而衰，这是必然的道理。所以，人们常说要急流勇退。可是眼下朝廷尚要用我，怎肯让我归隐，再说，即使归隐，也找不到一块能够容纳我郭府一千余口人的隐居地呀。可以说，我现在是进不得也退不得。在这种情况下，如果我们紧闭大门，不与外面来往，只要有一个人与我郭家结下仇怨，诬陷我们对朝廷怀有二心，就必然会有专门落井下石、妨害贤能的小人从中添油加醋，制造冤案。那时，我们郭家的九族老小都要死无葬身之地了。"

　　郭子仪所以让府门敞开，是因为他深知官场的险恶，正因为他具有很高的政治眼光，又有一定的德性修养，善于忍受各种复杂的政治环境，因此即使在自己功勋卓著的日子，也时时做好了准备应付可能发生的危险。

❧ 为人处世要谦恭 ❧

苏东坡在湖州做了 3 年官，任满回京。想当年，因得罪王安石，落得被贬的结局，这次回来应投门拜见才是。于是，便往宰相府去。

此时，王安石正在午睡，书童便将苏轼迎入东书房等候。

苏轼闲坐无事，见砚下有一方素笺，原来是王安石两句未完诗稿，题是咏菊。苏东坡不由笑道：

"想当年我在京为官时，此老下笔数千言，不假思索。3 年后，却是江郎才尽，起了两句头便续不下去了。"

他把这两句念了一遍，不由叫道：

"呀，原来连这两句诗都是不通的。"

诗是这样写的：

"西风昨夜过园林，吹落黄花满地金。"

在苏东坡看来，西风盛行于秋，而菊花在深秋盛开，最能耐久，随你焦干枯烂，却不会落瓣。一念及此，苏东坡按捺不住，依韵添了两句：

"秋花不比春花落，说与诗人仔细吟。"

待写下后，又想如此抢白宰相，只怕又会惹来麻烦，若把诗稿撕了，不成体统。左思右想，都觉不妥，便将诗稿放回原处，告辞回去了。

第二天，皇上降诏，贬苏轼为黄州团练副使。

苏东坡在黄州任职将近一年，转眼便已深秋，这几日忽然起了大风。风息之后，后园菊花棚下，满地铺金，枝上全无一朵。苏东坡一时目瞪口呆，半晌无语。此时方知黄州菊花果然落瓣！不由对友人道：

"小弟被贬，只以为宰相是公报私仇。谁知是我错了。切记啊，不可轻易讥笑人，正所谓经一失、长一智呀。"

苏东坡心中含愧，便想找个机会向王安石赔罪。想起临出京时，王安石曾托自己取三峡之中峡水用来冲阳羡茶，由于心中一直不服气，早把取水一事抛在脑后。现在便想趁冬至节送贺表到京的机会，带着中峡水给宰相赔罪。

此时已近冬至，苏轼告了假，带着因病返乡的夫人经四川进发了。在夔州与夫人分手后，苏轼独自顺江而下，不想因连日鞍马劳顿，竟睡着了，及至醒来，已是下峡，再回船取中峡水又怕误了上京时辰，听当地老人道："三峡相连，并无阻隔。一般样水，难分好歹。"便装了一瓷坛下峡水，带着上京去了。

上京来，先到宰相府拜见宰相。

王安石命门官带苏轼到东书房。苏轼想到去年在此改诗，心下愧然。又见柱上所贴诗稿，更是羞惭，便跪下谢罪。

王安石原谅了苏轼以前没见过菊花落瓣。待苏轼献上瓷坛，书童取水煮了阳羡茶。

王安石问水从何来，苏东坡道：

"巫峡。"

王安石笑道：

"又来欺瞒我了，此明明是下峡之水，怎么冒充中峡？"

苏东坡大惊，急忙辩解道："误听当地人言，三峡相连，一般江水，但不知宰相何以能辨别？"

王安石语重心长地说道：

"读书人不可轻举妄动，定要细心察理。我若不是到过黄州，亲见菊花落瓣，怎敢在诗中乱道？三峡水性之说，出于《水经补注》，上峡水太急，下峡水太缓，唯中峡缓急相伴，如果用来冲阳羡茶，则上峡味浓，下峡味淡，中峡浓淡之间，今见茶色半晌方见，故知是下峡。"

苏东坡敬服。

王安石又把书橱尽数打开，对苏东坡言道：

"你只管从这二十四橱中取书一册，念上文一句，我若答不上下句，就算我是无学之辈。"

苏东坡专拣那些积灰较多，显然久不观看的书来考王安石，谁知王安石竟对答如流。

苏东坡不禁折服：

"老太师学问渊深，非我晚辈浅学可及！"

苏东坡乃一代文豪，诗词歌赋，都有佳作传世，只因恃才傲物，口出妄言，竟3次被王安石所屈，从此再也不敢轻易讥笑他人了。

❧ 失败是迈向成功的阶梯 ❧

　　龙小姐从旅游学院毕业不久，就到一家著名饭店当接待员。参加工作不久，她就遇到了一个棘手的问题。

　　那天，一位来自美国的客人焦急地向值班经理反映，来中国前，他就预订了美国——日本——香港——北京——哈尔滨——深圳——新加坡的联票。但是，由于疏忽，一张去哈尔滨的机票没有及时确认，预定的航班被香港航空公司取消了。这一下他急了，他到哈尔滨是去签订合同。如不能及时赶到，将造成很大的损失。

　　酒店的老总当即安排龙小姐和另外一位老接待员解决这一问题。她们一起到民航售票处，向民航的售票员介绍了有关情况，希望她能够帮忙解决这一问题。

　　但售票员的回答是："是香港航空公司取消的航班，和我们没有关系。"

还有其他什么办法吗？要不重新买一张票吧。但一问，票已经全部卖完了。

于是她们再一次向售票员重申，这是一个很重要的外国客人，如不能及时赶到会造成很大的损失。但售票员的回答仍然是："对不起，我也无能为力。"

龙小姐问："难道就再没有别的办法吗？"

售票员说："如果是重要客人，你们可以去贵宾室试试。"

她们立即赶到了贵宾室。但在门口就被拦住了，工作人员要求她们出示贵宾证。这一下她们又傻眼了。此时此刻，到哪里去办贵宾证啊？

龙小姐不甘心，又向工作人员重申了一遍情况，但工作人员还是不同意让她们进去。她突然动了一个念头，于是问了一句："假如要买机动票，应该找谁？"

回答是："只有总经理。不过我劝你们还是别去找了，现在票紧张得很呢！"

碰了这么多次壁，同去的接待员已经灰心丧气了。她想：要找总经理，那恐怕更是没有希望。于是，她拉着龙小姐的手说："算了吧，肯定没希望了，还是回去吧，反正我们已经尽力了。"

那一瞬间，龙小姐也有点动摇了，但很快她又否定了自己的想法，还是毫不犹豫地向总经理办公室走去。见到总经理后，她将事情的来龙去脉又讲述了一遍。总经理听完之后，看着她满是汗水的脸，微微一笑，问："你从事这项工作多长时间了？"

得知她刚刚参加工作，总经理被她认真负责的态度感动了，说："我们只有一张机动票了，本来是准备留下来给其他重要客人的。但是，你的敬业精神和对客人负责的态度让我非常感动。这样吧，票就给你了。"

当她把机票送到望眼欲穿的客人手上时，客人简直是喜出望外。酒店的总经理知道这件事后，当着所有员工的面对她进行了表扬。不久，她被破格提拔为主管。

一次，她对一个朋友讲述了这个故事。朋友问她："你为何能做到这点？"

她回答说："其实，当我的同事说一点希望也没有的时候，我也很想放弃。我已经被拒绝多次了，我也怕见到总经理后，会遭到拒绝。但是，我突然想起罗斯福曾讲过的一句名言：'我们唯一值得恐惧的就是恐惧本身——模糊的、轻率的、毫无道理的恐惧本身。'它给了我继续努力的勇气。"

在工作和生活中，我们经常犯这样的错误：还没有真正与问题接触，就将其无端放大，以至于很快心生恐惧，一味逃避，最终将自己打败。

实际上，问题绝大多数时候并不如我们想象的那样严重，只要我们撕破轻率恐惧的面纱，就能很好地解决它。

著名将军巴顿曾经说过："如果勇敢便是没有畏惧，那么我从来不曾见过一位勇敢的人。"即使再勇敢的人，也有畏惧的时候。

那么，怎样才能撕破轻率恐惧的面纱，从恐惧中解放出来、培养真正的勇气呢？最有效的方法，莫过于强迫自己面对。

美国总统艾森豪威尔小时候有过这样一段经历。5岁的时候，有一次去叔叔家玩。叔叔的房子后面养了一对大鹅，结果公鹅一见他就一边怪叫着一边向他扑来。他哪儿受得了这种恐吓！于是他拼命跑开，向大人哭诉。

受了几次惊吓后，叔叔找了个旧扫帚交给他，然后指着大鹅对他说："你一定能战胜它！"

当鹅再次向他冲来时，他手里拿着扫帚，浑身不住地颤抖。猛然间，他鼓足勇气大吼一声，挥起扫帚向鹅冲去。鹅掉头便跑，他紧追不舍，最后狠狠地给了鹅一下，鹅惨叫着逃跑了。从那以后，鹅只要一见他，就会远远地躲开。

从此，他懂得了一个道理：只要勇敢迎战，就能战胜对手。

有一段时间，他每天放学回家的时候，都被一个与他年龄相仿、粗壮好斗的男孩追赶。一天，这一幕正好被他父亲看见，于是冲他大喊："你干吗容忍那小子追得你满街跑？去把那小子给我赶走！"

于是，他不得不停下来，面对自己很怕的对手。他开始猛烈的反击，这一招立刻把对手吓住了，慌忙夺路而逃。艾森豪威尔顿时勇气大增，一把将对手抓住，正言厉色地警告他："如果你再敢找我的麻烦，我就每天打你一顿。"

通过这件事，他进一步悟出一个道理：别看有些人耀武扬威，其实不过是外强中干，唬人而已。

不断地自我挑战，终究会看到上帝的微笑

海伦刚出生的时候，是个正常的婴孩，能看、能听，也会咿呀学语。可是，一场疾病使她变成既盲又聋的小聋哑人，那时，小海伦刚刚 1 岁半。

这样的打击，对于小海伦来说无疑是巨大的。每当遇到稍不顺心的事，她便会乱敲乱打，野蛮地用双手抓食物塞入口里。若试图去纠正她，她就会在地上打滚，乱嚷乱叫，简直是个十恶不赦的"小暴君"。父母在绝望之余，只好将她送至波士顿的一所盲人学校，特别聘请沙莉文老师照顾她。

在老师的教导和关怀下，小海伦渐渐地变得坚强起来，在学习上十分努力。

一次，老师对她说：希腊诗人荷马也是一个盲人，但他没有对自己丧失信心，而是以刻苦努力的精神战胜了厄运，成为世界上最伟大的诗人。如果你想实现自己的追求，就要在你的心中牢牢地记住"努力"这个可以改变你一生的词，因为只要你选对了方向，而且努力地去拼搏，那么在这个世界上就没有

比脚更高的山。

老师的话，犹如黑夜中的明灯，照亮了小海伦的心，她牢牢地记住了老师的话。

从那以后，小海伦在所有的事情上都比别人多付出了 10 倍的努力。

在她刚刚 10 岁的时候，名字就已传遍全美国，成为残疾人士的模范、一位真正的强者。

1893 年 5 月 8 日，是海伦最开心的一天，这也是电话发明者贝尔博士值得纪念的一日。贝尔在这一日建立了著名的国际聋人教育基金会，而为会址奠基的正是 13 岁的小海伦。

若说小海伦没有自卑感，那是不正确的，也是不公正的。幸运的是，她自小就在心底里树起了颠扑不灭的信心，完成了对自卑的超越。

小海伦成名后，并未因此而自满，她继续孜孜不倦地努力学习。1900 年，这个年仅 20 岁，学习了指语法、凸字及发声，并通过这些方法获得超过常人知识的姑娘，进入了哈佛大学拉德克利夫学院学习。

她说出的第一句话是："我已经不是哑巴了！"她发觉自己的努力没有白费，兴奋异常，不断地重复说："我已经不是哑巴了！"

在她 24 岁的时候，作为世界上第一个受到大学教育的盲聋哑人，她以优异的成绩毕业于世界著名的哈佛大学。

海伦不仅学会了说话，还学会了用打字机著书和写稿。她虽然是位盲人，但读过的书却比视力正常的人还多。而且，她写了 7 册书，她比正常人更会鉴赏音乐。

海伦的触觉极为敏锐，只需用手指头轻轻地放在对方的嘴唇上，就能知道对方在说什么；她把手放在钢琴、小提琴的木质部分，就能"鉴赏"音乐；她能通过收音机和音箱的振动来辨明声音，还能够通过手指轻轻地碰触对方的喉咙来"听歌"。

如果你和海伦·凯勒握过手，5 年后你们再见面握手时，她也能凭着握手认出你来，知道你是美丽的、强壮的、幽默的，或者

是满腹牢骚的人。

这个克服了常人无法克服的残疾的人，其事迹在全世界引起了震惊和赞赏。她大学毕业那年，人们在圣路易斯世界博览会上设立了"海伦·凯勒日"。

她始终对生命充满了信心，充满了热爱。

在第二次世界大战后，海伦·凯勒以一颗爱心在欧洲、亚洲、非洲各地巡回演讲，唤起了社会大众对身体残疾者的注意，被《大英百科全书》称颂为有史以来残疾人士最有成就的由弱而强者。

美国作家马克·吐温评价说："19世纪中，最值得一提的人物是拿破仑和海伦·凯勒。"身受盲聋哑三重痛苦，却能克服残疾并向全世界投射出光明的海伦·凯勒，以及她的老师沙莉文女士的成功事迹，说明了什么问题呢？答案是很简单的：如果你在人生的道路上，选择信心与热爱以及努力作为支点，再高的山峰也会被踩在脚下，你就会攀登上生命之巅。

想获得他人的掌声，先要做个坚强的人

世界上的雄辩家，有很多都是在最初被认为说话笨拙的人，狄里斯就是其中一个。

狄里斯生于公元382年，在西欧被称为"历史性的雄辩家"。据说，他的声音很低，而呼吸很短促，口齿不清，旁人经常听不懂他在说些什么。不过，他的知识非常渊博，因此他的思想也相当深奥，他很擅长分析事理，几乎无人能出其右。

当时，在狄里斯的祖国首都雅典，有很严重的政治纷争，因此，能言善辩的人格外受到重视，一向能先提出时代潮流和趋势的狄里斯，认为自己缺乏说话技巧是很不适宜的，于是他做了一番充分的考虑，并且准备好演讲的内容，从容走上了演讲台。但是，很不幸，他遭遇了失败。

原因就在于他发出的低音和肺活量不足，口齿不清，以至于别人无法听清楚他所说的话，但是，狄里斯并不灰心，他反而比过去更努力了，努力训练自己的胆量和意志力。

他每天都跑到海边去，对着浪花拍打的岩石大声喊叫，回家以后，又对着镜子练习说话嘴型，进行发音练习，一直持续不辍。狄里斯就这样努力了好几年，直到他27岁时，终于再度走上台向众人演说。

辛苦的努力总算有了成果，他这次盛大的演讲，得到了许多喝彩与掌声，而狄里斯的名气，也就这样打响了。

🎕面对逆境，只有坚毅者才能到达荣誉的圣殿🎕

凡尔纳是享誉世界的法国著名科幻小说家，但是在他成名之前可谓饱尝挫败的滋味。凡尔纳的父亲是一名颇有成就的律师，正因为此，父亲希望他能够子承父业，然而这并不是凡尔纳的兴致所在。

他从小喜欢幻想，爱海洋，也爱冒险，一次他偷偷地报名作为海上见习生航行印度，但计划未能如愿，因为他的行踪被家人获悉。回到家后等待他的是一顿猛烈的拳头。从此，凡尔纳开始了他的幻想之旅，利用想象来表达他眼中的世界。"天将降大任于斯人也"，一个伟大作家的诞生注定要一波三折。

1863 年冬天的一个上午，凡尔纳刚吃过早饭，正准备到邮局去，突然听到一阵敲门声，凡尔纳开门一看，原来是一个邮政工人。

在人生的旅途中谁都不会一帆风顺。在遇到挫折时，不要太早放弃努力，切莫因放弃而与荣誉失之交臂。

工人把一包鼓囊囊的邮件递到了凡尔纳的手里。一看到这样的邮件，凡尔纳就预感到不妙，自从他几个月前把他的第一部科幻小说《乘气球五周记》寄到各出版社后，收到这样的邮件已经是第 14 次了，他怀着忐忑不安的心情拆开一看，上面写道："凡尔纳先生：尊稿经我们审读后，不拟刊用，特此奉还。某某出版社。"每看到这样的退稿信，凡尔纳都是心里一阵绞痛：这次是第 15 次了，还是未被采用，

凡尔纳此时已深知，对于出版社的编辑来说，一个籍籍无名的作者是多么微不足道。他愤怒地发誓，从此再也不写了，他拿起手稿向壁炉走去，准备把这些稿子付之一炬。凡尔纳的妻子赶过来，一把抢过手稿紧紧抱在胸前，此时的凡尔纳余怒未息，说什么也要把稿子烧掉。他妻子急中生智，以满怀关切的感情安慰丈夫："亲爱的，不要灰心，不妨再试一次，也许这次能交上好运的。要知道在荣誉的大道上，从来没有放弃的容身之处。"听了这句话以后，凡尔纳抢夺手稿的手，慢慢放下了，他沉默了好一会儿，然后接受了妻子的劝告，又抱起这一大包手稿到第 16 家出版社去碰运气。

这次没有落空，读完手稿后，这家出版社立即决定出版此书，并与凡尔纳签订了 20 年的出版合同。

没有他妻子的疏导，没有永不放弃的精神，我们也许根本无法读到凡尔纳笔下那些脍炙人口的科幻故事，人类就会失去一份极其珍贵的精神财富。

❀打不垮的意志，跌不破的成就❀

一个农民，初中只读了两年，家里就没钱继续供他上学了。他辍学回家，帮父亲耕种 3 亩薄田。在他 19 岁时，父亲去世了，家庭的重担全部压在了他的肩上。他要照顾身体不好的母亲和瘫痪在床的祖母。

20 世纪 80 年代，农田承包到户。他把一块水洼挖成池塘，想养鱼。但乡里的干部告诉他，水田不能养鱼，只能种庄稼，他只好又把水塘填平。这件事成了一个笑话——在别人的眼里，他是一个想发财但又非常愚蠢的人。

听说养鸡能赚钱，他向亲戚借了 500 元钱，养起了鸡。但是一场洪水后，鸡得了鸡瘟，几天内全部死光了。500 元对别人来说可能不算什么，对一个只靠 3 亩薄田生活的家庭而言，不啻天文数字。他的母亲受不了这个刺激，竟然忧郁而死。

他后来酿过酒、捕过鱼，甚至还在石矿的悬崖上帮人打过炮眼……可都没有赚到钱。

35 岁的时候，他还没有娶到媳妇。即使是离异的有孩子的女人也看不上他。因为他只有一间土屋，并且随时有可能在一场大雨后倒塌。娶不上老婆的男人，在农村是没有人看得起的。

但他还想搏一搏，就四处借钱买了一辆手扶拖拉机。不料，上路不到半个月，这辆拖拉机就载着他冲入一条河里。他断了一条腿，成了瘸子。而那辆拖拉机，被人捞起来后已经支离破碎，他只能拆开它，当作废铁卖。

几乎所有的人都说他这辈子完了。但是后来他却成了一家公司的老总，手中有两亿元的资产。现在，许多人都知道他苦难的过去和富有传奇色彩的创业经历。许多媒体采访过他，许多报告文学描述过他。有这样一个情节，记者问他："在苦难的日子里，你凭什么一次又一次毫不退缩？"

他坐在宽大豪华的老板台后面，喝完了手里的一杯水。然后，他把玻璃杯子握在手里，反问记者："如果我松手，这只杯子会怎样？"

记者说："摔在地上，碎了。"

"那我们试试看。"他说。

他手一松，杯子掉到地上发出清脆的声音，但并没有破碎，而是完好无损。他说："即使有 10 个人在场，他们都会认为这只杯子必碎无疑。但是，这只杯子不是普通的玻璃杯，而是用玻璃钢制作的。"

这样的人，即使只有一口气，他也会努力去拉住成功的手，除非上苍剥夺了他的生命。

怕苦，苦一世；不怕苦，苦一时

拿破仑出生于科西嘉穷困的没落贵族家庭。

在父亲的安排下，拿破仑9岁就到法兰西共和国布里埃纳军校接受教育。他的同学都很富有，他们大肆讽刺他的穷苦。拿破仑非常愤怒，却一筹莫展，屈服在威势之下。就这样，他忍受了5年。但是，每一种嘲笑，每一种欺侮，每一种轻视的态度，都使他暗下决心，发誓要做给他们看看，以此证明他确实是高于他们的。

他是如何做的呢？这当然不是一件容易的事，他一点也不空口自夸。他只是心里暗暗计划，决定利用这些没有头脑却傲慢的人作为桥梁，使自己既富有又出名。

他经常避开同学们兴高采烈的游戏活动，躲进图书馆，如饥似渴地研究科西嘉的历史地理，他对伏尔泰、卢梭等人的书尤感兴趣。

在他16岁当少尉那年，他遭受了另外一个打击，那就是他父亲的去世。由于哥哥约瑟夫既无能又懒惰，家庭的重担就落在拿破仑身上。在那以后，他不得不从极少的薪金中，省出一部分来帮助母亲。当他接受第一次军事征召时，必须步行到遥远的发隆斯去加入部队。

等他到达部队时，看见他的同伴正在闲暇时间追求女人和赌博。而他那不受人欢迎的性格使他没有资格得到以前的那个职位，同时，他的贫困也使他失去了后来争取到的职位。于是，他改变策略，用埋头读书的方法去努力和他们竞争。读书是和呼吸一样自由的，因为他可以不花钱在图书馆里借书读，这使他得到了很大的收获。

他并不是读没有意义的书，也不是专以读书来消遣自己的烦闷，而是为自己将来的理想做准备。他下定决心要让全天下的人知道自己的才华。因此，在他选择图书时，也就往往有一个选择的范围。他住在一个既小又闷的房间内，在这里，他脸无血色，孤寂、沉闷，但他却在不停地读书。

通过几年的学习，他所摘抄下来的记录，印刷出来的就有400多页。他想象自己是一个总司令，将科西嘉岛的地图画出来，地图上清楚地指出哪些地方应当布置防范，这是用数学的方法精确地计算出来的。因此，他数学的才能获得了提高，这是他第一次有机会表示他能做什么。

他的长官看见拿破仑的学问很好，便派他在操练场上执行一些任务，这是需要极复杂的计算能力的。他的工作做得极好，于是他获得了新的机会，开始走上晋升的道路。

这时，一切的情形都改变了。从前嘲笑他的人，现在都拥到他面前来，想分享一点他得到的奖金；从前轻视他的人，现在都希望成为他的朋友；从前揶揄他是一个矮小、无用、死用功的人，现在也都尊重他。他们都变成了他的拥戴者。

要想得到成功的鲜花，就要有屡败屡战的精神

当塞洛斯·W.菲尔德从商界引退的时候，他已经积累了大量的财富。而这时他却对在大西洋中铺设海底电缆这一构想产生了极大的兴趣。塞洛斯·W.菲尔德倾其所有来完成这一事业。前期的准备工作包括建造一条从纽约到纽芬兰的圣约翰的电话线路，全长1600多公里。这其中有600多公里需要穿过一片原始森林，为此他们不得不在铺设电话线的同时修建一条穿越纽芬兰的道路。这条线路中还有200多公里要通过法国的布列塔尼，建设者们在那儿也投入了大量的人力。与此相同的还有铺设通过圣劳伦斯的电缆。

通过艰苦的努力，菲尔德得到了英国政府对他的公司的援助。但是在国会里，他遭到了一个很有影响力的团体的强烈反对，在参议院表决时，菲尔德的方案仅以一票的优势勉强获得通过。英国海军派出了驻塞瓦斯托波尔舰队的旗舰"阿伽门农"号来铺设电缆，而美国则由新建的护卫舰"尼亚加拉"号来承担这一工作。但是由于一次意外，已铺设了8公里长的电缆卡在了机器里，被折断了。在第二次实验中，船驶出300多公里时，电流突然消失了，人们在甲板上焦急沮丧地来回走动，似乎死期就要来临。正当菲尔德要下令切断电缆的时候，电流就像它消失时那样，突然又神奇地恢复了。接下来的一个晚上，船以每小时6公里的速度移动，而电缆以每小时10公里的速度延伸，但由于刹车过于突然，船猛烈地倾斜了一下，电缆又被卡断了。

菲尔德不是一个轻言放弃的人。他重新购买了1100多公里长的电缆，委托一位精通此行的专家设计一套更好的铺设电缆的机器设备。美国和英国的发明家齐心协力地工作，最后决定从大西洋中央开始铺设两段电缆。于是两艘船开始分头工作，一艘往爱尔兰方向，另一艘驶往纽芬兰，每艘

船各自承担一头的铺设工作。大家希望这样能够把两个大陆连接起来。就在两艘船相距 5 公里时，电缆断了。人们重新连上了电缆，但是当两艘船相距 120 多公里时，电流又消失了。电缆再次连上了，大约又铺设了 300 公里之后，在距"阿伽门农"号不远处，不幸电缆又断了，"阿伽门农"号随即返回了爱尔兰海岸。

项目负责人都感到非常沮丧，公众开始怀疑，投资商开始退却。如果不是菲尔德不屈不挠、夜以继日、废寝忘食地工作，说服众人，整个工程项目早就被放弃了。终于开始了第三次尝试，这一次成功了，整条电缆线顺利地完成铺设。几个信号在大西洋上传送了将近 1000 多公里之后，电流突然中断了。

很多人都失去了信心，只有菲尔德和他的一两个朋友仍然对此抱有希望。他们继续坚持工作，并且说服了人们继续投资进行试验。一条崭新的更为高级的电缆由"大东部"号负责铺设。"大东部"号慢慢地驶向大西洋，一边前进一边铺设。一切都进行得很顺利，直到距离纽芬兰 1000 公里处，电缆突然折断沉入海底。几次捞起电缆的尝试都失败了，这一项目也因此停顿了将近一年。

但是菲尔德并没有被这些困难吓倒，他继续为自己的目标努力。他组建了新公司，并制造了一条当时最为先进的电缆。1866 年 7 月 13 日，试验开始了，这一次成功地向纽约传送了信息，全文如下：

无比满足，7 月 27 日。

我们于早上 9 点到达，一切顺利。感谢上帝！电缆铺设成功，运行良好。

塞洛斯·W. 菲尔德

那条旧的电缆也找到了，重新连接起来，通往纽芬兰。这两条线路现在仍在使用，而且将来也会用。

❧ 没有经历风雨的生命，不会收获丰硕的果实 ❧

很久以前，上帝住在地球上。有一天，一个农夫找到上帝，对他说："我的神啊，也许是您创造了世界，但是您毕竟不是农夫，我要教您点儿东西。"

上帝借着胡子的遮掩，偷偷笑了，对他说："那你就告诉我吧。"

农夫说："给我一年时间，在这一年里，按照我所说的去做，我会让您看见，世界上再不会有贫穷和饥饿。"在这一年里，上帝满足了农夫提出的所有要求，没有狂风暴雨，没有电闪雷鸣，没有任何对庄稼有危险的自然灾害发生。当农夫觉得该出太阳了，就会阳光普照；要是觉得该下雨了，就会有雨滴落下，而且想让雨停雨就停。

风调雨顺的环境真是太好了，小麦的长势特别喜人。

一年的时间到了，农夫看到麦子长得那么好，就又到上帝那儿

去了，对上帝说："您瞧，要是再这么过 10 年，就会有足够的粮食来养活所有的人。人们就算不干活也可以安逸地生活了。"然而，等人们收割小麦的时候，却发现麦穗里什么都没有，这些长得那么好的麦子，竟然什么都没结出来。农夫惊讶极了，于是又跑到上帝那儿去了："上帝啊，这究竟是怎么回事呀？"

"那是因为小麦都过得太舒服了，没有经历任何打击是不行的。这一年里，它们没经过任何风吹雨打，也没受到过烈日煎熬。你帮它们避免了一切可能伤害它们的东西。没错，它们长得又高又好，但是你也看见了，麦穗里什么都结不出来，小麦也还是时不时需要些挫折的，我的孩子。"上帝说。

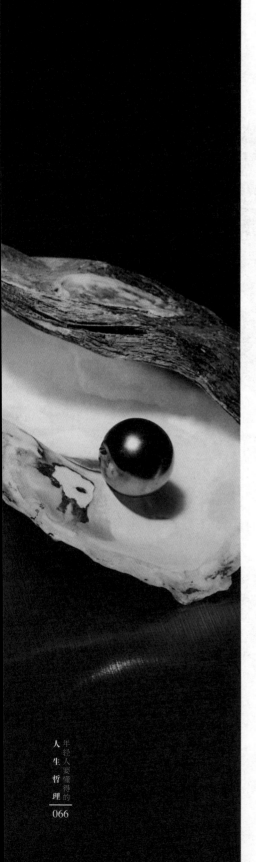

❧ 胸怀雅量 ❧

生活中，你心中有善，你就能成为好人；你心中有恶，你就会成为恶人。从本质上讲，我们每个人的一生，都是由自己的心灵造就的。

有首打油诗写道："占便宜处失便宜，吃得亏时天自知。但把此心存正直，不愁一世被人欺。"内心正直、胸怀雅量，才能包容万物，才能以美好善良之心看待万物。

有一次，苏东坡来到寺院找佛印大师与其参禅打坐，坐了很长时间，大师问他在他的对面看到了什么？苏东坡坐在那里并没有真正参禅打坐，眯着眼睛，偷偷地看了佛印大师一眼，佛印大师长得黑黑的，又矮又胖，于是对着大师说："在我的面前，我仿佛看到狗屎……大师，你的面前看到了什么？"大师声色不变，沉稳地说道："在我面前我仿佛看到如来本体。"

这下把苏东坡乐坏了，心想：我可占到便宜了，我把佛印说成狗屎，而他却说我像如来本体。苏东坡高兴地回到家里，把事情的经过跟妹妹苏小妹说了一遍，苏小妹虽然年纪小，但却是个胸怀大志的女性，看到哥哥得意的样子就大声地对他说："哥哥，你还在那得意，这下你可输惨了，佛家讲的是心镜，你心里想到的是什么，你看到的就是什么，你说佛印是狗屎一堆，其实你就是狗屎一堆，他心里想到你是如来本体，其实他自己就是如来本体……"听到这儿，苏东坡恍然大悟，脸顿时热了起来。

第四章

世界上没有失败，只有暂时的不成功

☙ 成功的秘诀要靠自己寻找 ☙

　　20 世纪 50 年代初期，有个叫丹尼尔的年轻人，从美国西部一个偏僻的山村来到纽约。走在繁华的都市街头，啃着干硬冰冷的面包，他发誓一定要闯出一片属于自己的天空。

　　然而，对于没有进过大学校门的丹尼尔来说，要想在这座城市里找到一份称心如意的工作，简直比登天还难，几乎所有的公司都拒绝了他的求职请求。

　　就在他心灰意冷之时，有一天，他接到一家日用品公司让他去面试的通知。他兴冲冲地去应聘，但是面对主考官有关各种商品的性能和如何使用的提问，他吞吞吐吐一句话也答不出来。说实话，摆在他眼前的许多东西他从未接触过，有的连名字都叫不出来。

　　眼看唯一的机会就要消失，丹尼尔在转身退出主考官办公室的一刹那，他有些不甘心地问："请问阁下，你们到底需要什么样的人才？"

主考官彼特微笑着告诉他："这很简单，我们需要能把仓库里的商品销售出去的人。"

回到住处，丹尼尔回味着主考官的话，他突然有了奇妙的感想：不管哪个地方招聘，其实都是在寻找能够帮自己解决实际问题的人。既然如此，何不主动出击，去寻找那些需要帮助的人？他想，总有一种帮助是他能够提供的。

不久，在当地的一家报纸上，刊登了一则颇为奇特的启事。文中有这样一段话：谨以我本人人生信用作担保，如果你或者贵公司遇到难处，如果你需要得到帮助，而且我也正好有这样的能力给予帮助，我一定竭力提供最优质的服务……

让丹尼尔没有料到的是，这则并不起眼的启事登出后，他接到了许多来自不同地区的求助电话和信件。

原本只想找一份适合自己工作的丹尼尔，这时又有了更有趣的发现：老约翰为自己的花猫咪生下小猫照顾不过来而发愁，而凯茜却为自己的宝贝女儿吵着要猫咪找不到卖主而着急；北边的一所小学急需大量鲜奶，而东边的一处牧场却奶源过剩……诸如此类的事情一一呈现在他面前。

丹尼尔将这些情况整理分类，一一记录下来，然后毫无保留地告诉那些需要帮助的人。而他，也在一家需要市场推广员的公司找到了适合自己的工作。不久，一些得到他帮助的人给他寄来了汇款，以表谢意。

据此，丹尼尔灵机一动，辞职后注册了自己的信息公司，业务越做越大，他很快成为纽约最年轻的百万富翁之一。

后来，丹尼尔告诫自己的孩子：成功无定律，幸运从来不主动光顾你，要靠自己去寻找。有时候，给别人帮助的同时，其实也为自己创造了最好的成功机会。

世界上没有失败，只有暂时的不成功

　　西娅在维伦公司担任高级主管，待遇优厚。很长一段时间，她都为到底去什么地方度假而烦恼。但是情况很快就变得糟糕起来。为了应对激烈的竞争，公司开始裁员，而西娅则是被裁掉的其中一员。那一年，她43岁。

　　"我在学校里一直表现不错，"她向朋友说道，"但没有哪一项特别突出。后来，我开始从事市场销售。在30岁的时候，我加入了那家大公司，担任高级主管。"

　　"我以为一切都会很好，但在我43岁的时候，我失业了。那感觉就像有人给了我的鼻子一拳。"她接着说，"简直糟糕透了。"西娅似乎又回到了那段灰暗的日子，语气也沉重了许多。

　　在那段灰暗的日子里，西娅不能接受自己失业的事实。躲

　　没有人能够永远成功，也没有人永远失败；世界上没有失败，只有暂时的不成功。所以，当我们遭遇挫折时，不要灰心和失望，要相信，失败只是暂时的，成功就在前面。

在家里不敢出门，因为每当看到忙碌的人们，她都会觉得自己没用，脾气也越来越大，孩子们也越来越怕她。情况越来越糟糕。

但就在这时，转机出现了。一个月后，一个出版界的朋友询问她，如何向化妆业出售广告。这是她擅长的东西，她似乎又重新找到了自己的方向：为很多的公司提供建议、出谋划策。

两年后，西娅已经拥有的自己的咨询公司。她已经不再是一个打工者，而是一个老板，收入自然也比以前多很多。

"被裁员是一件糟糕的事情，但那绝对不是地狱。也许，对你自己来说，可能还是一个改变命运的机会，比如现在的我。其实，重要的是如何面对。我记得那句名言：世界上没有失败，只有暂时的不成功。"西娅总结道。

成败取决于自己

　　欧洲的某个城镇又热闹起来了，这里正在举行一年一度的电单车竞赛，全球的高手都陆续涌进这个城镇。许多竞赛好手都提前两三个星期到当地训练，以适应现场的地理环境。

　　在众多好手中，有3个不同信仰的华侨青年。

　　第一个相信宿命论。有一次他在竞赛时滑倒了，无论他后来如何拼搏都无法改变失败的结果。此后，每遇比赛，一旦他不幸滑倒就会自动弃权，因为他认为那是命中注定的。他将整个竞赛的成败，寄托于冥冥之中的"命运"。

第二个青年，从小就依从父母，膜拜三国时代的关公。每逢竞赛之前，他一定跟从父母到附近唐人街的一间关帝庙去烧香，向庙内的"关老爷"（乩童）询问结果。若那名乩童点头准许他参加竞赛的话，他便有信心去参赛，否则，便放弃。至于这次参赛，他父母亲已到关帝庙询问过了，乩童很有信心地告诉他父母，这次一定可以成功地夺取冠军，他会得到关老爷相助的。这名青年将整个竞赛的夺标机会，交给一种超自然的神秘力量。

最后一个青年，是第一次参赛，他这次的参赛目的也是为了夺取冠军，以赢取 10 万美元的奖金，好让他病重的母亲到外国去治疗。他每天都勤奋地练习，跌倒了，又爬起来，他不断鼓励自己：我一定要得到冠军！我一定要！他将这场比赛的胜利掌握在自己手中。

不久，比赛开始了。一声枪响，上百名选手便往前冲去。现在，让我们将注意力放在那 3 个年轻人身上。

第一个青年在比赛开始后不久，因路滑跌倒，他便将单车推到路旁，很无奈地看着许多选手从他的眼前驰过。"唉，这是上天的安排，有什么办法呢！"

第二个青年因有"神"的保佑而拼命地奔驰，突然，在一个转弯处，他一不留神，发生意外，人仰车翻，不省人事。当他的父母从电视上看到这个情景时，便很生气地赶到那间庙堂去责问那个乩童。乩童刚好在睡午觉，被他们的突然登门而吵醒。"关老爷，你说保佑我的儿子平安无事，一定得冠军，你看他现在已发生了意外，你到底有没有保佑他？"那青年的母亲很生气地说。乩童揉着蒙眬睡眼说："唉，我已尽力帮助你的儿子，当他要跌倒时，我也尽力赶去扶助他，但他骑的是电单车，我骑的是老马，怎么追得上呢？"

至于那第三个竞赛者，他也很拼命地奔驰。一旦跌倒了，他又赶快爬起来，忍痛继续冲刺。滚滚沙尘，炎炎烈日，均无法遮盖他那颗炽热的心。由于他将成败握在自己手中，终于夺得了冠军。

❧把握机会更容易成功❧

1951年夏天，凯蒙斯·威尔逊驾驶一辆大汽车，带着全家老小开往华盛顿特区旅游观光。一路上，美丽的风光使他心旷神怡，可住宿的遭遇却让他十分恼火：客房既小又脏，水暖设备差，洗澡不方便，很少见汽车旅馆有餐厅，即使有的话，所供应的食物也很差，收费也不低，一家人合住一间客房，每个孩子还要再另收费。

"孩子睡在地板上还要加钱，太不应该了。"凯蒙斯对妻子抱怨道："设施齐全、服务周到的汽车旅馆居然一家都没有！"

"都是这样的，在外就将就些吧。"妻子劝慰说。

那一刻，凯蒙斯的眼睛一亮：汽车旅馆普遍差，这不是蕴含着巨大的商机吗？如果我建造一些宾馆式的汽车旅馆，不就能赚大钱吗？

他兴奋地对妻子说："我打算建造许多新型的汽车旅馆，和父母同住客房的儿童，也决不另外收取费用。我要做到人们一看到旅馆的招牌，就像到了自己的家。出外度假所宿旅馆必须舒适和方便，这正是现在汽车旅馆所缺少的。我想，我是极其平常的人，我喜欢的东西，别人也会喜欢。"

1952年8月1日，他的第一家假日酒店正式开张营业。

旅馆位于孟菲斯市萨默大街上，是汽车从东进入孟菲斯的主要通道，也是来往美国东西部的一条重要机动车道路。

在路旁，一块18米高的黄绿两色"假日酒店"的大招牌特别引人注目。到了晚上，招牌上的霓虹灯闪闪发光，更是醒目。汽车无论行驶在高速公路上的哪个方向，都能远远地一眼就望到假日酒店的招牌。

凯蒙斯花费 1.3 万美元做了这块招牌，这块招牌让无论是成人还是小孩子都会联想到这是一个有趣的地方。

走进酒店，你会发现服务设施特别周全：走廊上备有软饮料和制冰机，旅客可以免费取用；客房里的空调让人感到十分凉爽；游泳池里清波荡漾；走几步就是餐厅，可供全家用餐，餐桌上还有特地为儿童设计的菜单；你住进酒店，工作人员叫得出你的名字，这让你备感亲切，他们见了你就微笑——这是凯蒙斯要求他们这样做的。他说："世界上的语言有几百种，但微笑是通用的语言。微笑不需要翻译。"旅客需要服务，马上会有人来，并且决不收取小费；天气好的话，旅客可以在晚饭后出外散步，享受郊外的宁静感觉……而享受这一切，价格绝对便宜：单人房才收 4 美元，双人房 6 美元。凯蒙斯规定，和父母一起住的孩子，一概不另外收费。

"高级膳宿，中档收费。"凯蒙斯说，"既不完全是汽车旅馆，也不完全是宾馆，但提供它们两者都有的服务。"

旅客纷纷前来，有的旅客走进酒店，房间已经住满，服务的先生或小姐会为其和附近的旅馆联系住宿——这又是凯蒙斯发明的服务。

一炮打响，凯蒙斯马上着手建造更多的假日酒店。他采取特许经营办法，向社会出售特许经营权，从而迅速推动假日酒店在全美各地到处开花……

20 世纪 60 年代初，人们对电脑还是很陌生的。可凯蒙斯却在想，如何应用这个新的技术来为酒店服务。他有一种预感，电脑会给酒店带来许多好处。他想，为旅客预订外地假日酒店客房唯一的办法就是打长途电话，长途电话费太贵了。能不能利用电脑，为各地的假日酒店相互之间建立"快车道"呢？他委托国际商用机器公司 IBM 设计安装一套电脑系统，它可以即时找出或预订在任何地方的任何一家假日酒店的可供投宿的客房，代价是 800 万美元。

后来，那套电脑系统设计出来了，并且取得了成功。当时其他的连锁旅馆都没有这种先进设备，假日酒店一下子拥有了巨大的优势。

❦ 认准并发挥自己的特长，就有机会成功 ❦

有这样一个关于军人和拿破仑·希尔的故事。

多年以前，一个年轻的退伍军人来找成功学大师拿破仑·希尔。

这位军人想要找一份工作，但是他觉得很茫然也很沮丧：只希望能养活自己，并且找到一个栖身之处就够了。他黯然的眼神告诉希尔，哀莫大于心死。这个年轻人本来前途大有可为，但却胸无大志。希尔非常清楚，是否能够赚取财富，都在他的一念之间。

于是希尔问他："你想不想成为千万富翁？赚大钱轻而易举，你为什么只求卑微地过日子？"

他回答："不要开玩笑了，我肚子饿，需要一份工作。"

希尔说，"我不是在开玩笑，我非常认真。你只要运用现有的资产，就能够赚到几百万元。"

"资产？什么意思？"他问，"我除了穿在身上的衣服之外，什么都没有。"

很多人对自己没有信心，认为自己没有成功的机会。其实，我们每个人都有自己的一技之长，找到并发挥其能力，就有机会获得成功。

从谈话之中，希尔逐渐了解到，这个年轻人在从军之前，曾经担任富勒·布拉许的业务员，在军中他学得一手好厨艺。换句话说，除了健康的身体、积极的进取心，他所拥有的资产，还包括烹调的手艺及销售的技能。

当然，推销或烹饪无法使一个人晋身百万富翁，但是这个退役军人找到了自己的方向，许多机会就会呈现在眼前。

希尔和他谈了两个小时，看到他从深陷绝望的深渊中，变成积极的思考者。一个灵感鼓舞了他："你为什么不运用销售的技巧，说服家庭主妇，邀请邻居来家里吃便饭，然后把烹调的器具卖给他们？"

希尔借给他足够的钱，买一些像样的衣服及第一套烹调器具，然后放手让他去做。

第一个星期，他卖出铝制的烹调器具，赚了100美元。第二个星期他的收入加倍。然后他开始训练业务员，帮他销售同样式的成套烹调器具。

过了4年以后，他每年的收入都在100万美元以上，他还自行设厂生产。

失败是成功的基石

在外人看来，一个绰号叫斯帕奇的小男孩在学校里的日子应该是难以忍受的。他读小学时各门功课常常亮红灯。到了中学，他的物理成绩通常都是零分，他成了所在学校有史以来物理成绩最糟糕的学生。

斯帕奇在拉丁语、代数以及英语等科目上的表现同样惨不忍睹，体育也不见得好多少。虽然他参加了学校的高尔夫球队，但在赛季唯一一次重要比赛中，他输得干净利落。即使是在随后为失败者举行的安慰赛中，他的表现也一塌糊涂。

在自己的整个成长时期，斯帕奇笨嘴拙舌，社交场合从来就不见他的人影。这并不是说，其他人都不喜欢他或讨厌他。事实是，在大家眼里，他这个人压根儿就不存在。如果有哪位同学在学校外主动向他问候一声，他会受宠若惊并感动不已。

他跟女孩子约会时会是怎样的情形，大概只有天知道。因为斯帕奇从来没有邀请哪个女孩子一起出去玩过，他太害羞了，生怕被人拒绝。

斯帕奇似乎个无可救药的失败者。每个认识他的人都知道这一点，他本人也清清楚楚，然而他对自己的表现似乎并不十分在乎。从小到大，他只在乎一件事情——画画。

他深信自己拥有不凡的绘画才能，并为自己的作品深感自豪。但是，除了他本人以外，他的那些涂鸦之作从来没有其他人看得上眼。上中学时，他向毕业年刊的编辑提交了几幅漫画，但最终一幅也没被采纳。尽管有多次被退稿的痛苦经历，斯帕奇从未对自己的画画才能失去信心，他决心成为一名职业漫画家。

中学毕业那年，斯帕奇向当时的沃尔特·迪士尼公司写了一封自荐信。该公司让他把自己的漫画作品寄来看看，同时规定了漫画的主题。于是，斯帕奇开始为自己的前途奋斗。他投入了巨大的精力与时间，以一丝不苟的态度完成了许多幅漫画。然而，漫画作品寄出后却如石沉大海，最终迪士尼公司没有录用他——失败者再一次遭遇了失败。

生活对斯帕奇来说只有黑夜。走投无路之际，他尝试着用画笔来描绘自己平淡无奇的人生经历。他以漫画语言讲述了自己灰暗的童年、不争气的青少年时光——一个学业糟糕的不及格生、一个屡遭退稿的所谓艺术家、一个没人注意的失败者。他的画也融入了自己多年来对画画的执着追求和对生活的真实体验。

连他自己都没想到，他所塑造的漫画角色一炮走红，连环漫画《花生》很快就风靡全世界。从他的画笔下走出了一个名叫查理·布朗的小男孩，这也是一名失败者：他的风筝从来就没有飞起来过，他也从来没踢好过一场足球赛，他的朋友一向叫他"木头脑袋"。

熟悉斯帕奇的人都知道，这正是漫画作者本人——日后成为大名鼎鼎漫画家的查尔斯·舒尔茨早年平庸生活的真实写照。

坚持错误的方向，只会离成功越来越远

　　一个人要想成功，在其奋斗目标切实可行的前提之下，必须要有不达目的誓不罢休的精神。但如果固执地坚持错误的方向，而且始终都不愿修正，那么非但不会成功，反而会离成功越来越远。

有一个落魄潦倒的穷画家，一直坚持着自己的理想，除了画画之外，不愿从事其他的工作。

而他画出来的作品，一张也卖不出去，搞得一日三餐总是没有着落，幸好街角餐厅的老板心地很好，总是让他赊欠每天吃饭的餐费，穷画家也就天天到这家餐厅来用餐。

一天，穷画家在餐厅里吃饭，突然间灵感泉涌，不顾三七二十一，拿起桌上洁白的餐巾，用随身携带的画笔，蘸着餐桌上的酱油、番茄酱等各式调味料，当场作起画来。餐厅的老板也不制止他，反倒趁着店内客人不多的时候，站在画家身后，专心地看着他画画。

过了好一会儿，画家终于完成他的作品，他拿着餐巾左盼右顾，摇头晃脑地欣赏着自己的杰作，深觉这是有生以来画得最好的一幅作品。

餐厅老板这时开口道："嗨！你可不可以把这幅作品给我？我打算把你所积欠的饭钱一笔勾销，就当作买你这幅画的费用，你看这样好不好啊？"

穷画家感动莫名，惊异道："什么？连你也看得出来我这幅画的价值？啊！看来，我真的是离成功不远了。"

餐厅老板连忙道："不！请你不要误会，事情是这样的，我有一个儿子，他也像你一样，成天只想着要当一个画家。我之所以要买这幅画，是想把它挂起来，好时时刻刻警惕我的孩子，千万不要落到像你这样的下场。"

☙ 适时放弃，有时是走向成功的捷径 ☙

　　聪明的人不会作无谓的浪费和牺牲，因为他们知道，虽然做什么事都需要努力，但如果自己付出了足够的汗水仍取胜无望的话，就要及时调整战略，或撤退或放弃。明智地选择放弃，有时是走向成功的捷径。

有人向一位企业家讨教他成功的秘诀。企业家毫不犹豫地说："第一是坚持，第二是坚持，第三还是坚持，第四是放弃。"

人们不解，作为一个成功的企业家怎么可以轻言放弃？

企业家说："该放弃的时候就要放弃。如果你确实努力再努力了，还不成功的话，那就不是你努力不够的原因，恐怕是努力的方向以及你的才能是否匹配的事情了。这时候最明智的选择就是赶快放弃，及时调整，及时调头，寻找新的努力方向，千万不要在一棵树上吊死。"

据说，乾隆皇帝曾经在殿试的时候给举子们出了一个上联"烟锁池塘柳"，要求对下联。一个举子想了一下就直接回答说对不上来，另外的举子们还都在苦思冥想时，乾隆就直接点了那个回答说"对不上来"的举子为状元。因为这个上联的五个字以"金木水火土"五行为偏旁，几乎可以说是绝对，第一个说放弃的考生肯定思维敏捷，很快就看出了其中的难度，而敢于说放弃，又说明他有自知之明，不愿意把时间浪费在几乎不可能的事情上。

"童话大王"郑渊洁曾经说过："每个人都有自己的最佳才能区，除非他是白痴，要拿自己的长处和别人的短处竞争，打得过就打，打不过就跑。"

只要脚步不停歇，那么失败就只是暂时的

犹太女作家内丁·戈迪默，无疑是犹太民族的骄傲。她是 25 年来第一位获诺贝尔文学奖的女作家，也是诺贝尔文学奖设立以来的第七位女性获奖者。然而，这份荣誉是她用 40 年的心血和汗水浇铸的，这当中，她多次面临困厄与失败，但她从不沉沦，毫不气馁。

戈迪默于 1923 年出生在约翰内斯堡附近的小镇——斯普林斯村。她的父亲是犹太珠宝商，母亲是英国人，富裕的家庭生活，造就了小戈迪默无限的憧憬和遐想。

6 岁那年，她做起了当一位芭蕾舞演员的梦，舞蹈生涯最能淋漓尽致地表现人的修养和思想情感，也许这就是她追求的事业。于是，她报了名，加入了小芭蕾剧团的行列。事与愿违，由于体质太弱，她对大活动量的舞蹈并不适应，时不时一些小病小

失败只是一种暂时的状态，是人生道路上的一道障碍，成功的脚步不因此而停留。只有跨过了这道障碍，成功之花才会绽放。

灾纠缠她，小戈迪默被迫放弃了对这项事业的追求。

遗憾之余，这位倔强的女性暗暗发誓：条条大道通罗马，我终究要找到适合自己的成功之路。然而，命运不但没有赐福给她，反而把她逼上越发痛苦的深渊。

8岁时，她又因患病离开了学校，中断了学业，只好终日与书为伴了。一个偶然的机会，戈迪默发现了斯普林斯图书馆，此后，她一头扎进了这家图书馆，整日泡在书堆里，尽情而贪婪地吮吸着知识的营养。终于，她那嫩弱的小手拿起了笔，一股股似喷泉一样的情感流淌在了白纸上。那年，她刚刚9岁，文学生涯就此开头。15岁时，她的第一篇小说在当地一家文学杂志上发表了。

1953年，戈迪默的第一部长篇小说《说谎的日子》问世。优美的笔调，深刻的思想内涵，轰动了当时的文坛。戏剧界、文学界几乎同时将关注的目光投向了这位非同一般的女作家——内丁·戈迪默。像一匹脱缰的野马，戈迪默的创作一发不可收拾。漫长的创作生涯，她相继写出10部长篇小说和200篇短篇小说。多产伴着上等的质量，使她连连获奖：1961年，她的《星期五的足迹》获英国史密斯奖；1974年，她又获得了英国的文学奖。

创作上的黄金季节，使戈迪默越发勤奋刻苦。她说："我要用心浸泡笔端，讴歌黑人生活。"满腔的热忱很快就得到回报，她的《对体面的追求》一出版，就成为成名之作，受到了瑞典文学院的注意。接着，她创作的《没落的资产阶级世界》《陌生人的世界》和《上宾》等佳作，轻而易举地打入诺贝尔文学奖评选的角逐圈。然而，虽然几次都获诺贝尔文学奖提名，但每次都因种种原因而未能得奖。

面对打击，这位女性若有所失。但是，失败并没有阻碍她向前的脚步，更没有影响到她对事业的追求，她继续努力着、奋斗着，一刻也没放松文学创作。终于，在1991年时，她从荆棘中闯出了一条成功的路，如愿以偿地获得了诺贝尔文学奖。

❧ 经验教训缺一不可 ❧

不经历风雨怎能见彩虹？小孩子是在摔倒了无数次之后才学会走路的，伟人的发明创造更是经历了无数次失败之后才成功的。没有经历过教训的人生是有缺憾的人生，没有经历过失败的成功是不完美的成功。教训和失败是人生不可缺少的财富。

有个渔人有着一流的捕鱼技术，被人们尊称为"渔王"。然而"渔王"年老的时候非常苦恼，因为他的三个儿子的渔技都很平庸。

于是他经常向人诉说心中的苦恼："我真不明白，我捕鱼的技术这么好，儿子们的技术为什么这么差？我从他们懂事起就传授捕鱼技术给他们，从最基本的东西教起，告诉他们怎样织网最容易捕捉到鱼、怎样划船最不会惊动鱼、怎样下网最容易请鱼入瓮。他们长大了，我又教他们怎样识潮汐、辨鱼汛……凡是我长年辛辛苦苦总结出来的经验，我都毫无保留地传授给了他们，可他们的捕鱼技术竟然赶不上技术比我差的渔民的儿子！"

一位路人听了他的诉说后，问："你一直手把手地教他们吗？"

"是的，为了让他们得到一流的捕鱼技术，我教得很仔细很耐心。"

"他们一直跟随着你吗？"

"是的，为了让他们少走弯路，我一直让他们跟着我学。"

路人说："这样说来，你的错误就很明显了。你只传授给了他们技术，却没传授给他们教训，对于才能来说，没有教训与没有经验一样，都不能使人成大器。"

第五章

心态决定状态

❧改变了心态，生活也会随之改变❧

塞尔玛陪伴丈夫驻扎在一个沙漠的陆军基地里。丈夫奉命到沙漠里去演习，她一个人留在陆军的小铁皮房子里，天气热得受不了。她没有人可谈天——身边只有当地人，而他们不会说英语。她非常难过，于是就写信给父母，说要抛弃一切回家去。

她父亲的回信只有两行，这两行字却永远留在她心中，完全改变了她的生活。这两行字是：

两个人从牢中的铁窗望出去，
一个看到泥土，一个却看到了星星。

塞尔玛一再读这封信，觉得非常惭愧。她决定要在沙漠中找到星星。

塞尔玛开始和当地人交朋友，他们的反应使她非常惊奇，她对他们的纺织、陶器表示兴趣，他们就把最喜欢但舍不得卖给观光客人的纺织品和陶器送给了她。

塞尔玛研究那些引人入迷的仙人掌和各种沙漠植物、物态，又学习有关土拨鼠的知识。她观看沙漠日落，还寻找海螺壳，这些海螺壳是几万年前，这沙漠还是海洋时留下来的……原来难以忍受的环境竟变成了令人兴奋、流连忘返的奇景。

是什么使塞尔玛的内心发生了这么大的转变呢？

沙漠没有改变，当地人也没有改变，但是塞尔玛的观念改变了，心态改变了。一念之差，使她把原先认为恶劣的情况，变为一生中最有意义的冒险。她为发现新世界而兴奋不已，并为此写了一本书，以《快乐的城堡》为书名出版了。

　　她从自己造的牢房里看出去，终于看到了星星。

　　很多时候，我们之所以感到生活枯燥乏味，是因为我们的心态是枯燥乏味的。如果想使生活变得有滋有味，就要改变心态，变消极心态为积极心态。只有这样，我们才能改变自己的生活。

保持积极的心态，积极地行动起来

美国联合保险公司董事长克里蒙·斯通是美国巨富之一、世界保险业巨子。

斯通生于1902年，父亲早逝，母亲把他抚养长大。斯通的母亲早在斯通十几岁的时候，就把辛辛苦苦积攒下的一点钱，投到底特律的一家小保险经纪社。这家保险经纪社替底特律的美国伤损保险公司，推销意外保险和健康保险。推销员仅一人，那就是斯通的母亲。每推出一笔保险，她就会收到一笔佣金——这是她唯一的收入。

斯通16岁时，念中学。那个夏天，母亲指导他去推销保险。他走到母亲指导给他的大楼前，犹豫不决。这时，他默默地念着自己信奉的座右铭："如果你做了，没有损失，还可能有大收获，那就下手去做。马上就做！"

于是，他勇敢地走入大楼，逐门进行推销。结果，只有两个人买了保险；但在了解自己和推销术方面，他收获不小。第二天，他卖出了4份保险；第三天，6份。假期时，他居然创造了一天卖出10份的好成绩，后来一天10份、20份。

那时他发觉，他的成功是因为自己有积极的心态并能积极行动起来的缘故。

20 岁时，他在芝加哥开了一家保险经纪社——"联合登记保险公司"，全公司只有他一个人。开业头一天销出 54 份保险。后来，事业一天比一天兴旺。有一天，居然创造了 122 份的纪录。

后来，他在各州招人，在各处扩展他的事业；各州有一名推销总管，领导推销员，他自己管理各地总管，那时，斯通还不到 30 岁。

但那时候，整个美国笼罩在经济大恐慌之中，大家都没有钱买健康和意外保险，真正有钱的又宁愿把钱存下来以防万一。这时，斯通给自己加了几条应付困难的座右铭："销售是否成功，决定于推销员，而不是顾客。如果你以坚定的、乐观的心态面对艰难，你反而能从中获得益处。"结果，他每天成交的份数，竟与以前鼎盛时期的相同。

1938 年底，斯通成了一名富翁，而他所领导保险公司，也成了美国保险业首屈一指的大企业。

一切都会过去

古希腊有一位国王，拥有至高无上的权势、享用不尽的荣华富贵，但他并不快乐。他可以主宰自己的臣民，却难以操控自己的情绪，种种莫名其妙的焦虑和忧郁不时让他闷闷不乐、寝食难安。

于是，他召来了当时最负盛名的智者苏菲，要求他找出一句人间最有哲理的箴言，而且这句浓缩了人生智慧的话必须有一语惊心之效，能让人胜不骄、败不馁，得意而不忘形、失意而不伤神，始终保持一颗平常心。苏菲答应了国王，条件是国王将佩戴的那枚戒指交给他。

几天后，苏菲将戒指还给了国王，并再三劝告他："不到万不得已，别轻易取出戒指上镶嵌的宝石，否则，它就不灵验了。"

没过多久，邻国大举入侵，国王率部拼死抵抗，但最终整个城邦沦陷于敌手，于是，国王四处亡命。

有一天，为逃避敌兵的搜捕，他藏身在河边的茅草丛中，当他掬水解渴，猛然看到自己的倒影时，不禁伤心欲绝——谁能相信如今这个蓬头垢面、衣衫褴褛的人，就是那个曾经气宇轩昂、威风凛凛的国王呢？

就在他双手掩面欲投河轻生之际，他想到了戒指。他急切地抠下了上面的宝石，只见宝石里侧镌刻着一句话——这也会过去！

顿时，国王的心头重新燃起希望的火花。从此，他忍辱负重、卧薪尝胆，重招旧部并东山再起，最终赶走了外敌，赢回了王国。

　　而当他再一次返回王宫后，所做的第一件事便是将"这也会过去"这句五字箴言，镌刻在象征王位的宝座上。

　　后来，他被誉为最有智慧的国王而名垂青史。据说，在临终之际，他特意留下遗嘱：死后，双手空空地露出灵柩之外，以此向世人昭示那句五字箴言。

　　普希金说，一切都是暂时的，转瞬即逝……因此，在我们身处顺境时，要学会惜福与感恩；身处逆境时，要学会坚忍和等待，要相信逆境只是暂时的。告诉自己："这也会过去，一切都会过去。"

✺ 如果一次不成，那就再试一次 ✺

有个年轻人去微软公司应聘，而该公司并没有刊登过招聘广告。见总经理疑惑不解，年轻人用不太娴熟的英语解释说，自己是碰巧路过这里，就贸然进来了。

总经理感觉很新鲜，破例让他一试。面试的结果出人意料，年轻人表现糟糕。他对总经理的解释是事先没有准备，总经理以为他不过是找个托词下台阶，就随口应道："等你准备好了再来试吧。"

一周后，年轻人再次走进微软公司的大门，这次他依然没有成功。但比起第一次，他的表现要好得多。

而总经理给他的回答仍然同上次一样："等你准备好了再来试。"

就这样，这个青年先后5次踏进微软公司的大门，最终被公司录用，成为公司的重点培养对象。

与这个年轻人有相同经历的还有一个叫克里弗德的小伙子。

瑞德公司的面试通知，像一缕阳光照亮了克里弗德焦急期待的心。面试那天，克里弗德精心地梳洗打扮了一番，又换了一条新领带，以祝福自己好运。上午 10 点钟，他走进了瑞德公司人力资源部。等秘书小姐向经理通报后，克里弗德静了静心，提着手提包来到经理办公室门前，轻轻地敲了两下门。

"是克里弗德先生吗？"屋里传出问询声。

"经理先生，你好！我是克里弗德。"克里弗德慢慢地推开门。

"抱歉，克里弗德先生。你能再敲一次门吗？"端坐在沙发转椅上的经理悠闲地注视着克里弗德，表情有些冷淡。

经理先生的话虽令克里弗德有些疑惑，但他并未多想，关上门，重新敲了两下，然后推门走进去。

"不，克里弗德先生，这次没有第一次好，你能再来一次吗？"经理示意他出去重来。

克里弗德重新敲门，又一次踏进房间。

"先生，这样可以吗？"

"这样说话不好——"

克里弗德又一次走进去："我是克里弗德，见到你很高兴，经理先生。"

"请别这样。"经理依然淡淡道，"还得再来一次。"

克里弗德又做了一次尝试："抱歉，打扰你工作了。"

"这回差不多了，如果你能再来一次会更好，你能再试一次吗？"

当克里弗德第十次退出来时，他内心的喜悦和憧憬已消失殆尽，开始有些恼火。心想，进门打招呼哪有这么多讲究？这哪是招聘面试呀，分明是在刁难戏弄人。克里弗德生气地转身离开，可刚走几步又停了下来，心想：不行，我不能就这样逃开，即使瑞德公司不打算录用我，也得听到他们当面对我说。

于是，克里弗德稍稍地舒了一口气，第十一次敲响了门。这次，他得到的不是难堪，而是热烈欢迎的掌声。克里弗德没有想到，第十一次敲门，叩开的竟是一扇成功之门。原来，瑞德公司此次是打算招聘一名市场调查员。而一名优秀的市场调查员，不仅要具备学识素质，更要具备耐心和毅力等心理素质。这 11 次的敲门和问候，就是考查一个人的心理素质。

调整心态，走出困境

失意，是一面镜子，能照见人的污浊；失意，也是一副清醒剂，是一条鞭子，可以使你在抽打中清醒。

失意，会使你冷静地反思自责，正视自己的缺点和弱项，努力克服不足，以求一搏；失意，会使人细细品味人生，反复咀嚼人生甘苦，培养自身悟性，不断完善自己；失意，不是一束鲜花，而是一丛荆棘，鲜花虽令人怡情，但常使人失去警惕，荆棘虽叫人心悸，却使人头脑清醒。

美国从事个性分析的专家罗伯特·菲力浦有一次在办公室接待了一个因自己开办的企业倒闭、负债累累、离开妻女的流浪者。那人进门打招呼说："我来这儿，是想见见这本书的作者。"说着，他从口袋中拿出一本名为《自信心》的书，那是罗伯特许多年前写的。流浪者继续说："一定是命运之神在昨天下午把这本书放入我的口袋中的，因为我当时决定跳到密西根湖，了此残生。我已经看破一切，认为一切已经绝望，所有的人已经抛弃了我，但还好，我看到了这本书，使我产生新的看法，为我带来了勇气及希望，并支持我度过昨天晚上。我已下定决心，只要我能见到这本书的作者，他一定能协助我再度站起来。现在，我来了，我想知道你能替我这样的人做些什么。"

在他说话的时候，罗伯特从头到脚打量流浪者，发现他茫然的眼神、沮丧的皱纹、十来天未刮的胡须以及紧张的神态，这一切都显示，他已经无可救药了。但罗伯特不忍心对他这样说。因此，请他坐下，要他把他的故事完完整整地说出来。

听完流浪汉的故事，罗伯特想了想，说："虽然我没有办法帮助你，但如果你愿意的话，我可以介绍你去见本大楼的一个人，他可以帮助你赚回你所损失的钱，并且协助你东山再起。"罗伯特刚说完，流浪汉立刻跳了起来，抓住他的手，说道："看在上天的份上，请带我去见这个人。"

他会为了"上天的份上"而做此要求，显示他心中仍然存在着一丝希望。所以，罗伯特拉着他的手，引导他来到从事个性分析的心理试验室里，和他一起站在一块窗帘布之前。罗伯特把窗帘布拉开，露出一面高大的镜子，罗伯特指着镜子里的流浪汉说："就是这个人。在这世界上，只有一个人能够使你东山再起，除非你坐下来，彻底认识这个人——当作你从前并未认识他——否则，你只能跳密西根湖，因为在你对这个人作充分的认识之前，对于你自己或这个世界来说，你都将是一个没有任何价值的废物。"

他朝着镜子走了几步，用手摸摸他长满胡须的脸孔，对着镜子里的人从头到脚打量了几分钟，然后后退几步，低下头，开始哭泣起来。过了一会儿，罗伯特领他走到电梯间，送他离去。

几天后，罗伯特在街上碰到了这个人，他不再是一个流浪汉形象，他西装革履，步伐轻快有力，头抬得高高的，原来那种衰老、不安、紧张的姿态已经消失不见。他说，他感谢罗伯特先生，让他找回了自己，并很快找到了工作。

后来，那个人真的东山再起，成为芝加哥的富翁。

世界是公平的，给谁的都不会太多

欧洲某国的一位著名的女高音歌唱家，仅30岁就已经誉满全球，而且她拥有一位如意的郎君和一个美满幸福的家庭。一次，举行完一个成功的音乐会后，歌唱家和丈夫、儿子被一群狂热的观众团团围住。人们七嘴八舌地与歌唱家攀谈起来，赞美与羡慕之词洋溢了整个会场。

有的人恭维歌唱家少年得志，大学刚毕业就走进了国家级剧院，成了一名主要演员；有的人恭维歌唱家25岁就被评为世界十大女高音之一，年轻有为；也有人恭维歌唱家有一个优秀的丈夫，而膝下又有了活泼可爱、脸上永远洋溢着笑容的儿子。

在人们议论的时候，歌唱家只是静静地听，什么也没有表示。当大家把话说完后，她才缓缓地说："首先我要谢谢大家对我和我家人的赞美，我希望在这些方面能够和你们共享快乐。但是，你们只看到了一个方面，而另一方面你们却没有看到，那就是你们夸奖的我的儿子，不幸的是他是一个哑巴，而且他还有一个经常要被关在屋里精神分裂的姐姐。"

人们震惊了，你看看我，我看看你，似乎很难接受这样的事实。这时，歌唱家又心平气和地对人们说："这一切说明什么呢？恐怕只能说明一个道理，那就是，上帝是公平的，给谁的都不会太多。"

世界是公平的，给谁的都不会太少，给谁的都不会太多。所以，不要只看到或羡慕别人的拥有，而看不到自己的拥有。应该想一想，自己拥有的而别人却没有拥有的东西。

把"我不能"埋进坟墓

唐娜是密歇根州一个小镇上的小学老师。

那天,她给学生们上了生动的一节课。她让学生们在纸上写出自己不能做到的事。所有的学生都全神贯注地埋头在纸上写着。一个10岁的女孩在纸上写道:"我无法把球踢过第二道底线,我不会做三位数以上的除法,我不知道如何让黛比喜欢我……"她已经写完了半张纸,但她却丝毫没有停下来的意思,仍旧很认真地继续写着。

每个学生都很认真地在纸上写下了一些句子,述说着他们做不到的事情。

唐娜老师也正忙着在纸上写着她不能做到的事情,像"我不知道如何才能让约翰的母亲来参加家长会""除了体罚之外，我不能耐心劝说艾伦"等。

大约过了 10 分钟，大部分学生已经写满了一整张纸，有的已经开始写第二页了。

"同学们，写完一张纸就行了，不要再写了。"这时，唐娜老师用她那习惯的语调宣布了这项活动的结束。学生们按照她的指示，把写满了他们认为自己做不到的事情的纸对折好，然后按顺序依次来到老师的讲台前，把纸投进一个空的鞋盒里。

等所有学生的纸都投完以后，唐娜老师把自己的纸也投了进去。然后，她把盒子盖上，夹在腋下，领着学生走出教室，沿着走廊向前走。

走着走着，队伍停了下来。唐娜走进杂物室，找了一把铁锹。然后，她一只手拿着鞋盒，另一只手拿着铁锹，带着大家来到运动场最边远的角落里，开始挖起坑来。

学生们你一锹我一锹地轮流挖着，10 分钟后，一个 3 英尺深的坑就挖好了。他们把盒子放进去，然后又用泥土把盒子完全覆盖上。这样，每个人的所有"不能做到"的事情都被深深地埋在了这个"墓穴"里，埋在了 3 英尺深的泥土下面。

这时，唐娜老师注视着围绕在这块小小的"墓地"周围的 31 个十多岁的孩子们，神情严肃地说："孩子们，现在请你们手拉着手，低下头，我们准备默哀。"

学生们很快地互相拉着手，在"墓地"周围围成了一个圆圈，然后都低下头静静地等待着。

"朋友们，今天我很荣幸能够邀请到你们前来参加'我不能'先生的葬礼。"唐娜老师庄重地念着悼词，"'我不能'先生在世的时候，曾经与我们的生命朝夕相处，您影响着、改变着我们每一个人的生活，有时甚至比任何人对我们的影响都要深刻得多。您的名字几乎每天都要出现在各种场合，比如学校、市政府、议会，甚至是白宫。当然，这对于我们来说是非常不幸的。

"现在，我们已经把'我不能'先生您安葬在了这里，并且为您立下了墓碑，刻上了墓志铭。希望您能够安息。同时，我们更希望您的兄弟姐妹'我可以'、'我愿意'，还有'我立刻就去做'等能够继承您的事业。虽然他们不如您的名气大，没有您的影响力强，但是他们会对我们每一个人、对全世界产生更加积极的影响。

"愿'我不能'先生安息吧，也祝愿我们每一个人都能够振奋精神，勇往直前！"

接下来，唐娜老师带着学生回到了教室。大家一起吃着饼干、爆米花，喝着果汁，庆祝他们越过了"我不能"这个心结。作为庆祝的一部分，唐娜老师还用纸剪成一个墓碑，上面写着"我不能"，中间则写上"安息吧"，下面写着这天的日期。

唐娜老师把这个纸墓碑挂在教室里。每当有学生无意说出"我不能……"这句话的时候，她只要指着这个象征死亡的标志，孩子们便会想起"我不能"先生已经死了，进而去想出积极的解决方法。

生活中有很多人被"我不能"左右着，陷在"我不能"的困境里，因此很多事都无法得到解决。那么，我们不妨把自己的"我不能"埋进坟墓，把"我可以"立在桌旁，时刻以积极的心态来面对一切。

每个人都能超越自己

他，从一个仅有二十多万人口的北方小城考进了北京的大学。

他一个学期都不敢和同班的女同学说话。

因为上学的第一天，与他邻桌的女同学问他的第一句话就是："你从哪里来？"而这个问题正是他最忌讳的。因为他认为，出生于小城，就意味着小家子气，没见过世面，肯定被那些来自大城市的同学瞧不起。

所以，第一个学期结束的时候，班里的很多女同学都不认识他！

很长一段时间，自卑的阴影占据着他的心灵。最明显的体现就是每次照相，他都要下意识地戴上一个大墨镜，以掩饰自己的内心。

她，也在北京的一所大学里上学。

她不敢穿裙子，不敢上体育课。她疑心同学们会在暗地里嘲笑她，嫌她肥胖的样子太难看，大部分日子，她都在疑心、自卑中度过。

大学学习快要结束的时候，她差点儿毕不了业，不是因为功课太差，而是因为她不敢参加体育长跑测试！老师说："只要你跑了，不管多慢，都算你及格。"可她就是不跑，她想跟老师解释，她不是在抗拒，而是因为恐慌，恐惧自己肥胖的身体跑起来一定非常愚笨，一定会遭到同学们的嘲笑。可是，她连给老师解释的勇气也没有，茫然不知所措。她只能傻乎乎地跟着老师走，老师回家做饭去了，她也跟着。最后老师烦了，勉强算她及格。

在一个电视晚会上，她对他说："要是那时候我们是同学，可能是永远不会说话的两个人。你会认为，人家是北京城里的姑娘，怎么会瞧得起我呢？而我则会想，人家长得那么帅，怎么会瞧得上我呢？"

他，后来成了电视台著名节目主持人，经常对着电视观众侃侃而谈，他主持节目给人印象最深的特点，就是从容自信。

她，后来也成了电视台著名节目主持人，而且是完全依靠才气，而丝毫没有凭借外貌走上主持人岗位的。

自卑的心理每个人或多或少都会有一些，因为一个人不可能永远都充满自信，关键的问题是，我们如何走出自卑的阴影。唯有相信自己，才是战胜自卑最有效的方法。战胜了自卑，每个人都会超越自己，从平庸变杰出。

人生如同乘舟，需要风雨同舟

那年，李广智从秦岭深处出来，肩上扛着一袋老玉米，在渭水边搭上了一条破旧的木船进城。船上还有两个木匠，他们带了数量不少的山货。在他们解开缆绳准备渡河时，一个青年人扛着一只笨重的四方木箱，大步流星地赶到了，叫声："慢！"肩一耸，木箱就稳稳地压在了船头上。

船一开，暴雨就落下来了，木船在水里飞快地打了一个旋儿，就似一匹脱缰的野马朝下游斜射出去，一波接一波的浊浪击打在他们的头上身上，水花四溅。木船在颠簸之中，翘起栽下，左倾右陷。青年人叉开双腿站在木箱上，大声指挥着两个匠人，完全是不容反驳的命令口气："你！往后；你，往前，拿桨！半桨！一反一正，使劲！再使劲！注意……"正说着，"哗"的一声，一座如山的浪头砸下来，天地为之一暗。但是，木船还是从急流中钻了出来。对年仅十五六岁的李广智，青年人则客气多了，他指着船中的横木对李广智说："你坐上去，放松，像骑马一样，顺势起伏，别拧着水的性子。"

经过一阵折腾，船明显地稳了下来。李广智听到了两个木匠在嘀咕："哪儿来的小子，尽指使咱们。真把人气死了！"

"注意！"青年人又叫起来，"稳住船身，当心翻船！"李广智

突然感觉到，船像被两只巨大的手抓住在使劲地拧麻花，船板在吱呀地呻吟。突然，"咔嚓"一声，一块板子翘了起来，一股碗口粗的浊水从船底涌上来，发出可怕的怪叫。

"不要惊慌！"青年人抓过双桨往木箱上一搭，一反一正地划起来。"把东西扔出去！"没有人动。青年人急了，抽出桨一捅，将那袋老玉米扔在激流之中。"还有你们的！"青年人说着，又将两个木匠的好几个山货袋子也扔进水里，"你……"两个木匠一下跳起来。"别动！赶紧补船。"青年人严厉地说。"没有板子。""你那里就有一块。""那是菜板。""啥东西也得救急，船没了，还能有什么？"两个木匠交换了一下眼色后，不情愿地开始补船。

"快靠岸吧！"李广智惊魂四散。

"靠岸可不是一件容易事儿，得一齐用劲才行，这么大的暴雨，活命最是不易……"青年人的话还没说完，两个木匠就扑了过来，用力一顶，将青年人背上船的那只沉重的木箱子顶进了水里——就在这时，意想不到的事情发生了，那箱子一落水，木船立即就像纸一样漂起来，飞快地在水中打起旋儿来，没等李广智惊叫出声，便听"嘭"的一声，木船撞在一个坚硬的物体上，李广智被重重地甩了出去……

李广智是在青年人的怀里醒过来的，篝火一堆，天黑如漆，涛声依旧。只是雨停下来了，寒气从四周逼过来。

"你没有事吧？"李广智问。

"没事。我家三代都是渭河上的船工，渭河对我最亲。"

"可你的东西……"

"我有什么东西？那是沙石，稳船头镇河妖用的，把它推下去，能不翻船吗？"

"他们呢？"

"我一个人顾不了那么多，但愿他们平安无事。"

"可你救了我的命……"

"要不是那两个匠人把镇船沙推下河，我本来是可以救全船的人的。"青年人心情沉重地说。

🎗在顽强的意志面前，死神也会退步🎗

兰顿先生是一位 50 岁的人，他得了一种难以治愈的癌症。当时，兰顿先生因为病情的影响，体重大幅下降，瘦得有点吓人，癌细胞的扩散使得他无法进食。

布恩医生告诉兰顿先生，自己将会全力为他诊治，帮助他对抗癌症。同时，每天会将治疗进度详细地告诉他，并清楚讲述医疗小组治疗的情形，及他体内对治疗的反应，使他对自己的病情得以充分了解，并希望他可以很好地配合治疗。

其实，就连布恩医生自己也不相信，癌症可以治愈，更何况兰顿先生这个重症病人。他只好把希望寄托于上帝。

可是结果却完全出乎布恩医生的意料。因为兰顿先生对布恩医生的嘱咐完全配合，使得治疗过程进行得十分顺利。布恩医生看到了希望，开始教兰顿先生运用想象力，想象他体内的白细胞大军如何与顽固的癌细胞对抗，并最后战胜癌细胞的情景。

结果两个星期之后，医疗小组果然抑制了癌细胞的破坏性，成功地战胜了癌症。对这个杰出的治疗成果，就连布恩医生也感到十分惊讶。

　　"祝贺你，兰顿先生。"布恩医生对他的康复表示祝贺。

　　"谢谢你，布恩医生，谢谢你对我的治疗，包括你对我说的那句话。"兰顿先生接着说，"当我刚被确诊的时候，感觉这个世界已经对我关闭。我只能躺在床上，等待死神的光临。但是我想起了许多的事情，我还有爱我的家人和朋友，我的小孙女才会喊我爷爷……所以我不能死，我要活着。"

　　"很高兴你能这么想，只有留恋这个世界，你才可以得到无穷的力量。"布恩医生说。

　　"是的，这个力量真是巨大啊！连死神都可以战胜。我一定会把这个秘诀告诉更多的人。"兰顿先生激动地说。

　　如此成功的疗效，来源于布恩医生运用的心理疗法。他说："事实上，你可以运用心灵的力量，来影响你的生或死。甚至，如果你选择活下去，你还可以决定要什么样的生命品质。对于癌症病人来说，克服对疾病的恐惧很难，活着的愿望给了他生活着的希望，就需要不停地鼓励自己。最后，他成功了。"

谁在最困难的时候不丧失信心，谁就可能赢得胜利

非常不幸，两只蚂蚁误入玻璃杯中。

它们慌张地在玻璃杯底四处触探，想寻找一个缝隙爬出去。不一会儿，它们便发现，这根本不可能。于是，它们开始沿着杯壁向上攀登。看来，这是通向自由的唯一路径。

然而，玻璃的表面实在太光滑了，它们刚爬了两步，便重重地跌了下去。

揉揉摔疼了的身体，爬起来，再次往上攀登。很快，它们又重重地跌到杯底。

三次、四次、五次……有一次，眼看就快爬到杯口了，可惜，最后一步却失败了，而且，这一次比哪次都摔得重，比哪次都摔得疼。

好半天，它们才喘过气来。一只蚂蚁一边揉屁股，一边说："咱们不能再冒险了。否则，会摔得粉身碎骨的。"

另一只蚂蚁说："刚才，咱们离胜利不是只差一步了吗？"说罢，它又重新开始攀登。

一次又一次跌倒，一次又一次攀登，它终于摸到了杯口的边缘，用最后一点力气，翻过了这道透明的围墙。

隔着玻璃，杯子里的蚂蚁既羡慕又忌妒地问："快告诉我，你获得成功的秘诀是什么？"

杯子外边的蚂蚁回答："接近成功的时候可能最困难。谁在最困难的时候不丧失信心，谁就可能赢得胜利。"

第六章

想改变命运，先改变自己

要想改变命运，就要改变自己

　　在一次火灾事故中，消防员从废墟里救出了一对孪生兄弟——波恩和嘉琳，他们是此次火灾中幸存下来的两个人。

　　兄弟俩很快被送往当地的一家医院，虽然俩人死里逃生，但大火已把他俩烧得面目全非。"多么帅的两个小伙子！"医生为兄弟俩惋惜。

　　波恩整天对着医生唉声叹气：自己成了这个样子，以后还怎么出去见人，还怎么养活自己？波恩对生活失去了信心，他总是自暴自弃地说："与其赖活还不如死了算了。"

　　嘉琳努力地劝波恩："这次大火只有我们得救了，因此我们

　　在相同的境遇下，不同的人会有不同的命运。一个人的命运不是由上天决定的，也不是由别人决定的，而是由自己决定的。一个人若想改变自己的命运，最重要的是要改变自己，改变心态，这样，命运也会随之改变。

的生命显得尤为珍贵，我们的生活最有意义。"

兄弟俩出院后，波恩还是忍受不了别人的讥讽，偷偷地服了安眠药离开了人世。而嘉琳却艰难地生存了下来，无论遇到多大的冷嘲热讽，他都咬紧牙关挺了过来，嘉琳一次次地暗自提醒自己："我生命的价值比谁都高贵。"

有一天，嘉琳还是像往常一样送一车棉絮去加州。天空下着雨，路很滑，嘉琳开车开得很慢。此时，嘉琳发现不远处的一座桥上站着一个年轻人。嘉琳紧急刹车，车滑进了路边的一条小沟。嘉琳还没有靠近年轻人的时候，年轻人已经跳下了河。年轻人被他救起后，又连续跳了 3 次，直到嘉琳自己差点儿被大水吞没。

嘉琳救的这位年轻人竟是一位亿万富翁，富翁很感激嘉琳，便和嘉琳一起干起了事业。

嘉琳从一个积蓄不足 10 万元的司机，最后成为一个拥有 3.2 亿元资产的运输公司的老板。

几年后医术发达了，嘉琳用挣来的钱修整好了自己的面容。

改变命运，先要改变内心

兔子是世界上最温驯的动物了，它只吃青草，谁也不伤害。可是，它却被很多动物伤害：狐狸、狼、老虎……这太不公平了！有一天，兔子向上帝诉苦，它不想再做兔子了，希望上帝改变一下它的命运。

上帝很仁慈，马上答应了兔子的要求："好吧，你想变成什么？"

兔子说："变成一只鸟，在天上自由地飞来飞去，那些狐狸、狼、虎，就再也抓不着我了。"

上帝把兔子变成了鸟。没过几天，鸟又来诉苦："仁慈的上帝呀，我再也不想做鸟了！我在天上飞，天上的老鹰能抓住我；我在树上筑巢，树上的毒蛇能咬死我。这样的日子实在是太难过了！"上帝问鸟："你想怎么样呢？"

鸟说："我想变成大海里的一条鱼，海里没有老鹰，没有毒蛇，我才能安心地过日子。"

上帝又把鸟变成了鱼。可是，鱼的处境似乎更糟，因为大海里到处都有"大鱼吃小鱼，小鱼吃虾米"的斗争。过了几天，鱼又要求上帝把它变成人。鱼说："人是万物之灵，他们住在坚固的钢筋水泥屋子里，使用着各种先进的武器装备，任什么凶猛的动物也不能伤害他们。相反，那些在山林里威风十足的狮虎，全被他们关在笼子里，供他们观赏取乐，那些蛇、鹰，都成了他们餐桌上的美味……"

上帝把鱼变成了人，心想，这下你该满意了吧！可是，过了不久，人照样来向上帝诉苦："太可怕了！到处都在流血，到处都是尸体，到处都是废墟……我们再也没法活了！"原来人类发生了战争，数以万计的士兵在互相残杀，无数的平民流离失所，死于饥饿和寒冷。

上帝问人："你想怎么样呢？"

人说："我想到另一个世界去，你把我变成上帝吧！"

上帝没有答应人的这个要求，他说："上帝只有一个，上帝多了也会打架。"

想改变自己的命运固然是件好事，但不可只追求表面形式上的改变，应该先要改变自己的内心。只有改变了自己的内心，才能真正地改变自己的命运。

有什么样的看法，往往就会有什么样的命运

　　有两个乡下人，外出打工。一个去纽约，一个去华盛顿。可是在候车厅等车时，又都改变了主意，因为邻座的人议论说，纽约人精明，外地人问路都收费；华盛顿人质朴，见了吃不上饭的人，不仅给面包，还送旧衣服。

　　去纽约的人想，还是华盛顿好，挣不到钱也饿不死，幸亏没上车，不然真掉进了火坑。去华盛顿的人想，还是纽约好，给人带路都能挣钱，还有什么不能挣钱的？幸亏还没上车，不然真失去一次致富的机会。于是他们在退票处相遇了。原来要去纽约的改换成了

　　在每个人的一生中，都有很多次可以改变自己命运的机会，是往好的方面改变，还是往坏的方面改变，完全有赖于一个人对当时情形的认识。也就是说，有什么样的看法，往往就会有什么样的命运。

去华盛顿的票，原来要去华盛顿的改换成了去纽约的票。去了华盛顿的人发现，华盛顿果然好。他初到华盛顿的一个月，什么都没干，竟然没有饿着，不仅银行大厅里的水可以白喝，而且商场里欢迎品尝的点心也可以白吃。去了纽约的人发现，纽约果然是一个可以发财的城市。干什么都可以赚钱，带路可以赚钱，看厕所可以赚钱，弄盆凉水让人洗脸也可以赚钱。只要想点办法，再花点力气，什么都可以赚钱。

凭着乡下人对泥土的感情和认识，第二天，他在建筑工地装了10包含有沙子和树叶的土，以"花盆土"的名义，向需要泥土而又爱花的纽约人兜售。当天他在城郊间往返6次，净赚了50美元。一年后，凭"花盆土"他竟然在纽约拥有了一间不小的门面。

在常年的走街串巷中，他又有一个新的发现：一些商店楼面亮丽而招牌较黑。一打听才知道，原来是清洗公司只负责洗楼，不负责洗招牌。他立即抓住这一空当，买了人字梯、水桶和抹布，办起一个小型清洗公司，专门负责擦洗招牌。几年以后，他的公司已有一百多个员工，业务也发展到多个城市。

有一次，他坐火车去华盛顿考察清洗市场。在火车站，一个捡破烂的人把头伸进软卧车厢，向他要一只空啤酒瓶，就在递瓶时，俩人都愣住了，因为5年前，他们曾换过一次票。这个捡破烂的人就是当年改去华盛顿的那个人。

❧ 用正确的方式审视自己，一切都会改变的 ❧

几十年前，在纽约北郊曾住着一位姑娘叫沙姗，她自怨自艾，认定自己的理想永远实现不了。她的理想也就是每一位妙龄姑娘的理想：跟一位潇洒的白马王子结婚，白头偕老。沙姗整天梦想着，可周围的姑娘们都先后成家了，她成了大龄女青年，她认为自己的梦想永远不可能实现了。

在一个雨天的下午，沙姗在家人的劝说下去找一位著名的心理学家。握手的时候，她那冰凉的手指、凄怨的眼神，如同坟墓中飘出的声音、苍白憔悴的面孔都在向心理学家暗示：我是无望的了，你会有什么办法呢？

心理学家沉思良久，然后说道："沙姗，我想请你帮我一个忙，我真的很需要你的帮忙，可以吗？"

沙姗将信将疑地点了点头。

"是这样的。我家要在星期二开个晚会，但我妻子一个人忙不过来，你来帮我招呼客人。明天一早，你先去买一套新衣服，不过你不要自己挑，你只问店员，按她的主意买，然后去做个发型，同样按理发师的意见办，听好心人的意见是有益的。"

接着，心理学家说："到我家来的客人很多，但互相认识的人不多，你要帮我主动去招呼客人，说是代表我欢迎他们，要注意帮助他们，特别是那些显得孤单的人。我需要你帮助我照料每一个客人，你明白了吗？"

沙姗一脸不安，心理学家又鼓励她说："没关系，其实很简单。比如说，看谁没咖啡就端一杯，要是太闷热了，开开窗户什么的。"沙姗终于同意一试。

星期二这天，沙姗发式得体，衣衫合身，来到了晚会上。按着心理学家的要求，她尽心尽力，只想着帮助别人，她眼神活泼、笑容可掬，完全忘掉了自己的心事，成了晚会上最受欢迎的人。晚会结束后，有3个青年都提出了送她回家。

一个星期又一个星期，3个青年热烈地追求着沙姗，她最终答应了其中一位的求婚。看着幸福的新娘，人们都说心理学家创造了一个奇迹。

习惯都是自己养成的，我们有能力改变它

有一个时期，美国富豪保罗·盖蒂抽烟抽得很凶。

有一天，他度假开车经过法国，那天正好下着大雨，地面特别泥泞，开了好几个钟头的车之后，他在一个小城里的旅馆过夜。吃过晚饭他回到自己的房间，很快便入睡了。

盖蒂凌晨两点钟醒来，想抽一支烟。打开灯，他自然地伸手去找他睡前放在桌上的那包烟，却发现是空的。他下了床，搜寻衣服口袋，结果毫无所获。

他又搜他的行李，希望在其中一个箱子里能发现他无意中留下的一包烟，结果他又失望了。他知道旅馆的酒吧和餐厅早就关门了，心想，这时候要把不耐烦的门房叫过来，太不堪设想了。他唯一能得到香烟的办法是穿上衣服，走到火车站，但它至少在6条街之外。

情景看来并不乐观。外面仍下着雨，他的汽车停在离旅馆尚有一段距离的车房里，而且，别人提醒过他，车房午夜关门，第二天早上6点才开门，而且能够叫到计程车的机会也似乎是零。

显然，如果他真的要抽一支烟，只有在雨中走到车站。但是要抽烟的欲望不断地袭扰着他，并越来越浓厚。于是他脱下睡衣，开始穿上外衣。当他穿好衣服，伸手去拿雨衣，这时他突然停住了，开始大笑，笑他自己。他突然体会到，他的行动多么不合乎逻辑，甚至荒谬。

盖蒂站在那儿寻思，一个所谓的知识分子，一个所谓的商人，一个自认为有足够理智对别人下命令的人，竟要在三更半夜，离开舒适的旅馆，冒着大雨走过好几条街，仅仅是为了得到一支烟。

盖蒂生平第一次注意到这个问题，他已经养成了一个难以改掉的习惯，他愿意牺牲极大的舒适去满足这个习惯。这个习惯显然没有好处，他突然明确地注意到这一点。头脑很快清醒过来，片刻就作了决定。

他下定了决心后，把那个仍然放在桌上的烟盒揉成一团，丢进废纸篓里。

然后他脱下衣服，再度穿上睡衣回到床上，带着一种解脱，甚至是胜利的感觉，他关上灯，闭上眼，听着打在门窗上的雨点声。几分钟之内，他进入一个深沉、满足的睡眠中。

自从那天晚上后，他再也没抽过一支烟，也没有抽烟的欲望。

靠诚实和勤劳，最终一定会迎来好运

　　一个诚实的人，必然会受到他人的喜爱和敬重；一个勤劳的人，必然会得到成功的回报；一个勤劳而又诚实的人，最终一定会迎来好运。这是一种必然。

父亲去世了，约翰是家里的长子，所以，他必须承担起照顾全家的责任。那年他 16 岁。

约翰到镇里最有钱的法官多恩那儿去要一美元，那是法官买约翰父亲的玉米时欠的钱。法官多恩把钱给了他并说，约翰的父亲曾向他借了 40 美元。"你打算什么时候还给我你父亲欠我的钱？"法官问约翰，"我希望你不要像你的父亲那样，他是个懒汉，从不卖力气干活。"

那一年的夏天，约翰天天都到别人的田里干活，除了每天晚上和星期天全天在自己家的地里干活。到了夏天结束的时候，约翰积攒了 5 美元交给法官。

冬季天气太冷，不能耕种，约翰的朋友塞夫给他提供了一个在冬季挣钱的机会。塞夫告诉约翰，靠狩猎获取兽皮能够挣到很多钱。但是他说，约翰需要 75 美元买一支枪和捕猎用的绳、网以及在树林里过冬的食物。约翰去见法官多恩，说明了他的打算，法官同意借给他所需要的那笔钱。

约翰吻别了母亲，和塞夫一起离开了家。他的背上背着一大袋食物、一支新枪和捕猎用具，这些都是用法官的钱买来的。他和塞夫步行了几个小时，来到林子深处的一间小木屋前。这所小房子是塞夫几年前搭建的。这年冬天，约翰学到了很多东西。他学会了如何追捕野兽和怎样在树林里生存。大森林考验了他的毅力，使他变得勇敢，也使他的体格更加健壮。约翰捕到了很多猎物。到 3 月初，他得到的兽皮堆起来几乎和他的个子一样高。塞夫说，约翰用这些兽皮至少可以挣 200 美元。

约翰打算回家，但是塞夫想继续打猎直到 4 月份。因此，约翰决定自己一个人回家。塞夫帮约翰捆扎好兽皮和捕猎用的东西，让他能够背在背上。然后，塞夫说："现在请注意听我说，当你过河时，不要从冰上走，河上的冰现在很薄。找一处冰已融化的地方，再把一些圆木捆在一起，你可以浮在上面过河。这样做会多花几个小时的时间，但是这样更安全。""好的，我会这样做的。"约翰急切地说。他想立刻就走。

这一天，当约翰快步走在树林中时，他开始考虑起他的将来。他

要去读书和学写字，他要给家里买一块大一些的农田。也许有朝一日，他也会像镇里的法官一样有权势，并受人尊敬。背上沉甸甸的东西使他考虑起到家后要做的事情：他要给他母亲买一身新衣服，给弟弟妹妹们买些玩具，他还要去见法官。约翰恨不得马上就把父亲向法官借的钱全部还清。

到了下午晚些时候，约翰的腿疼了起来，背上的东西也更加沉重。当他终于到达河边时，他高兴极了，因为这意味着他就要到家了。约翰记得塞夫的忠告，但是，他太累了，顾不上去寻找一块冰已化了的地方。他看到河边长着一棵笔直的大树，它的高度足以达到河的对岸。约翰取出斧头砍倒大树。树倒下来，在河面上形成一座独木桥。约翰用脚踢了踢树，树没有动。他决定不按塞夫说的去做。如果他从这棵树上过河，那么用不了一个小时他就到家了，当天晚上他就能见到法官。

约翰身背兽皮、怀抱猎枪，跨到放倒的树上。树在他脚下稳如磐石。然而，就在他快要走到河中央时，树干突然动了起来，约翰从树上掉到冰上。冰面破裂，约翰沉到水里，他甚至没来得及叫喊一声。约翰的枪掉了，那些兽皮和捕猎用的工具也从他的背上滑了下来。他没法抓住它们，湍急的河水把东西冲走了。约翰破冰而行，挣扎到河岸。他失去了一切。他在雪地上躺了一会儿，然后，他爬了起来，找来一根长树枝，沿着河边来回走着。一连几个小时他戳着冰块，寻找那些东西。可是，他一无所获。

他径直来到法官家。天已很晚了，约翰敲门进去，他浑身冰冷，衣服潮湿。他向法官讲述了所发生的事情。法官一言未发，直到他把话讲完。然后，法官多恩说："人人都要学会一些本领，你却是这样来学习的，虽然这对你和我都很不幸。回家去吧，孩子。"

到了夏天，约翰拼命干活。他为家人种植了玉米和土豆，他还到别人的田里干活。他又攒够了 5 美元付给法官。但是他还欠法官 30 美元——那是他父亲欠的债，还有用来买捕猎工具和枪的 75 美元。加起来超过 100 美元。约翰觉得他一辈子也还不清这笔钱。

10 月份的时候，法官派人叫来约翰。"约翰，"他说，"你欠了我很多钱，我想我能够要回这些钱的最好方法，就是今年冬天再给你一次狩猎的机会。如果我再借给你 75 美元，你愿意再去打猎吗？"约翰羞愧难当，好半天才开口说："愿意。"

这一次，他必须独自一人进森林，因为塞夫已经搬到别的地方去了。不过，约翰记得印第安朋友教给他的所有本领。在那个漫长而孤独的冬天，约翰住在塞夫盖的小木屋里，每天出去打猎。这一次他一直待到 4 月底。这时候，他得到的兽皮太多了，因而他不得不丢掉他的捕猎工具。当他到达河边时，河上的冰已融化。他扎了一个木筏过河，尽管这要多花去一天的时间，他还是那样做了。到家后，法官帮他把兽皮卖了 300 美元。约翰付给法官 150 美元，那是他借来买打猎用具的钱，然后他又还清了他父亲借的那部分钱。

又到了夏天，约翰除了在自己家的田里干活，还去读书和学写字。这以后的 10 年里，他每年冬天都到森林里去打猎，他把卖兽皮挣来的钱全部攒了下来。最后他用这些钱买了一个大农场。

约翰 30 岁的时候，成了本镇的头面人物之一。那一年法官去世了，他把他的那所大房子和大部分财产留给了约翰，他还给约翰留下了一封信。约翰打开信，看了看写信的日期。这封信是法官在约翰第一次外出打猎向他借钱那天写下的。

"亲爱的约翰，"法官写道，"我从未借给你父亲一分钱，因为我从未相信过他。但是我第一次见到你时，我就喜欢上了你。我想确定你和你的父亲是否不一样，所以我考验了你。这就是我说你父亲欠我 40 美元的原因。祝你好运，约翰！"

信封里还装有 40 美元。

要想收获果实，就必须先播种

一个穷汉每天都在地里劳作。有一天，他突然想："与其每天辛苦工作，不如向神灵祈祷，请他赐给我财富，供我今生享受。"

他深为自己的想法得意，于是把弟弟喊来，把家业委托给他，又吩咐他到田里耕作谋生，别让家人饿肚子。一一交代之后，他觉得自己没有后顾之忧了，就独自来到天神庙，为天神摆设大斋，供养香花，不分昼夜地膜拜，毕恭毕敬地祈祷："神阿！请您赐给我现世的安稳和利益，让我财源滚滚吧！"

天神听见这个穷汉的愿望，内心暗自思忖："这个懒惰的家伙，自己不工作，却想谋求巨大财富。倘若他在前世曾做布施，累积功德，那么，给他些利益也未尝不可。可是，查看他的前世行为，根本没有布施的功德，也没有半点因缘，现在却拼命向我求利。不管他怎样苦苦要求，也是没有用的。但是，若不给他些利益，他一定会怨恨我。不妨用些方便，让他死了这条心吧。"

于是，天神就化作他的弟弟，也来到天神庙，跟他一样祈祷求福。

哥哥看见了，不禁问他："你来这儿干吗？我吩咐你去播种，你播下了吗？"

弟弟说："我也跟你一样，来向天神求财求宝，天神一定会让我衣食无忧的。纵使我不努力播种，我想天神也会让麦子在田里自然生长，满足我的愿望。"

哥哥一听弟弟的祈愿，立即骂道："你这个混账东西，不在田里播种，想等着收获，实在是异想天开。"

弟弟听见哥哥骂他，却故意问："你说什么？再说一遍听听。"

"我就再说给你听，不播种，哪能得到果实呢！你不妨仔细想想看，你太傻了！"

这时天神才现出原形，对哥哥说："诚如你自己所说，不播种就没有果实。"

一分耕耘，才能有一分收获。想要收获果实，就要先播种。我们只有脚踏实地地付出努力，才能改变命运，才能过上幸福美满的生活。

☙要珍视和发掘自己的价值❧

一个年轻人觉得自己什么事也做不好，大家都说他没用，又蠢又笨。他很苦恼。于是，他找到了老师诉说烦恼。

老师说："孩子，我很遗憾，现在帮不了你，我得先解决自己的问题。"他停顿了一下，说："如果你先帮我个忙，我的问题解决了，之后也许我可以帮助你。"

"哦……如果能帮您的忙，我很荣幸，老师。"年轻人很不自信地回答说。

老师把一枚戒指从手指上摘下来，交给小伙子，说："骑着马到集市去，帮我卖掉这枚戒指，我要还债，要卖一个好价钱，最低不能少于一个金币。"

　　一个人既然能够存在于这个世界上，就说明有存在于这个世界上的价值。人生就好比是一个大市场，你认为自己的价值有多大，别人也会认为你的价值有多大，那么你的价值就会有多大。

年轻人拿着戒指离开了。一到集市，他就拿出戒指。人们围上来看，而当年轻人说出了戒指的价格后，有人嘲笑他，有人说他疯了，只有一位老人出于好心向他解释，一个金币是多么值钱，用来换这样一枚戒指是多么不值。有人想用一个银币和一些不值钱的铜器来换这枚戒指，但年轻人记着老师的叮嘱，拒绝了。

年轻人骑着马悻悻而归。他沮丧地对老师说："对不起，我没有换到您要的一个金币。也许可以换到几个银币。"

"孩子，"老师微笑着说，"首先，我们应该知道这枚戒指的真正价值。你再骑马到珠宝商那里去，告诉他我想卖这枚戒指，问问他给多少钱。但是，不管他说什么，你都不要卖，带着戒指回来。"

年轻人来到珠宝商那里，珠宝商在灯光下用放大镜仔细检验戒指后说："年轻人，告诉你的老师，如果他现在就想卖，我最多给他58个金币。"

"58个金币？"小伙子不敢相信自己的耳朵。

"是啊，我知道，要是再等等，也许可以卖到70个金币。但是我不知道你的老师是不是急着要卖……"珠宝商说。

年轻人激动地跑到老师家，把珠宝商说的话告诉了老师。

老师听后，说："孩子，你就像这枚戒指，是一件举世无双、价值连城的珠宝。但是，只有真正的内行才能发现你的价值。我们每个人就像这枚戒指，在人生这个大市场里要自我珍视，同时也要努力，让我们遇到的人，就算不是内行，也能发现我们真正的价值。"

年轻人顿悟，舒展了眉头。

只看自己所有的，不看自己没有的

有一个叫黄美廉的女子，自小就患上脑性麻痹症。此病状十分惊人，因肢体失去平衡感，手足会时常乱动，口里念叨着模糊不清的词语，模样十分怪异。这样的人在常人看来，已失去了语言表达能力与正常生活条件，更别谈什么前途与幸福。

但黄美廉硬是靠她顽强的意志和毅力，考上了美国著名的加州大学，并获得了艺术博士学位。她靠手中的画笔，还有很好的听力，抒发着自己的情感。

在一次讲演会上，一个中学生竟然这样提问："黄博士，你从小就长成这个样子，请问你怎么看你自己？"

在场的人都责怪这个学生不敬，但黄美廉却十分坦然地在黑板上写下了这么几行字："一、我好可爱；二、我的腿很长、很美；三、爸爸妈妈那么爱我；四、我会画画，我会写稿；五、我有一只可爱的猫……"

最后，她以一句话做结论："我只看我所有的，不看我所没有的！"

要想成功，必须要接受和肯定自己。在这个世上，每个人有着不同的缺陷，并非只有你是最不幸的。无须抱怨命运的不济，不要看自己没有的，要多看看自己所拥有的，就会接受和肯定自己。

第七章

生活是最好的老师

🌸 只有行动，才会知道结果 🌸

朗特丝已经沮丧到了不想起床的地步。她精力不济，自从胖了 50 磅以来，每天要睡 16 ~ 18 小时。就在这时，收音机里的一则广告引起了她的兴趣。由于朗特丝的治疗师说过她不可能好转，因此实在很难相信她会对健康俱乐部的广告感到有兴趣。更令人惊讶的是，她竟然摇摇晃晃地跑到那里一探究竟。这是她的第一步。若不是这一步，也不会有以下的故事了。

俱乐部推广人员及会员既友善又生气蓬勃，他们显然很喜欢目前从事的工作。朗特丝加入俱乐部后，就展开了运动课程。经过一段时间，她的感觉及精神大幅度地转变，于是她说服俱乐部给她一份推广的工作。

朗特丝向来对广播推销极为神往，有意朝这个方向发展。但她中意的电台没有职缺，也不愿给她面试机会。她没有放弃，只是死守在总经理办公室门前，直到他答应让她面试为止。看到她显露出来的信心、决心、毅

力及冲劲，经理终于点头，答应雇用她。

接下来是她的人生转折点：她跌断了腿，几个月之内都得上石膏、拄拐杖，但她并没有停下来。12天后，她又回到电台，并雇了一名司机载她到各指定地点去。由于上下车对她实在很不方便，她开始利用电话进行推销和接订单，结果业绩竟大幅度地上升。

由于朗特丝一个人的业绩比其他四名推销员的总和还高，于是同事们开始向她讨教。朗特丝向来不吝与人分享资讯，因此便将自己的方法传授给其他推销员。

没多久，销售部经理辞职，大家便向上级请求，由朗特丝接任经理一职。朗特丝获新职后，兢兢业业，不仅每天召开销售会议，还保持自己的业绩。虽然电台销售仅占市场的2%，但他们每个月的营业额仍由4万美元上升至10万美元，全年下来，共累积达27万美元！广播电台的狄斯耐频道总经理，听说这个电台听众最少，业绩却名列前茅，便邀请朗特丝到其他城市主持研讨会。不管她到哪里，成果都相当显著，因为一旦有了凝聚信心的动机，再配合顾客至上的销售技巧，生意自然蒸蒸日上。

由于研讨会的成果斐然，狄斯耐连锁电台因此聘请朗特丝，担任整个连锁线的销售部副总。"全国广播协会"也邀请她到全国大会对2000名听众发表一场演讲。虽然朗特丝从未有过演讲的经验，但她对自己及所学的技巧，都具有无比的信念。她战战兢兢地准备演讲稿，想象自己说话的样子，在心里想着听众对她演讲报以热烈回响的情景。每演练完一次，她就给自己来个起立鼓掌（极有力的意象营造法）。

那一天终于到来。她准备了一大堆演讲稿，一切准备就绪。但是当她踏上讲台，炫目的灯光却使她很难看清演讲稿。于是她走下讲台，依照心中的感想发表演说。听众如痴如醉，不断以掌声打断她，并起立向她致敬，景象与她心里所想象的完全一致。演讲完毕后，她立即受邀前往全国18个城市开办研讨会。

如今，朗特丝已是全国知名的演说家、作家，也是她自己的公司——朗特丝推销与激励公司的董事长。她比以往更快乐、更健康、更富裕，也更稳定。她的朋友增多了，心态平和安宁，家庭关系融洽，对未来更是充满了希望。

❧ 每个年龄都是最好的 ❧

几岁是生命中最好的年龄呢？

电视节目中，主持人拿这个问题问了很多的人。一个小女孩说："两个月，因为你会被抱着走，你会得到很多的爱与照顾。"

另一个小孩回答："3岁，因为不用去上学。你可以做几乎所有想做的事，也可以不停地玩耍。"

一个少年说："18岁，因为你高中毕业了，你可以开车去任何想去的地方。"

一个女孩说："16岁，因为可以穿耳洞。"

一个男人回答说："25岁，因为你有较多的活力。"这个男人43岁。他说自己现在越来越没有体力走上坡路了。他15岁时，通常午夜才上床睡觉，但现在晚上9点一到便昏昏欲睡了。

一个3岁的小女孩说生命中最好的年龄是29岁。因为你可以躺在屋子里的任何地方，虚度所有的时间。有人问她："你妈妈多少岁？"她回答说："29岁。"

有人认为40岁是最好的年龄，因为这时是生活与精力的最高峰。

一个女士回答说45岁，因为你已经尽完了抚养子女的义务，可以享受含饴弄孙之乐了。

一个男人说65岁，因为可以开始享受退休生活。

最后一个接受访问的是一位老太太，她说："每个年龄都是最好

的，享受你现在的年龄吧。"

　　只有你现在的年龄是最真实的，不要回避今天的真实与琐碎，走好脚下的路，唱出心底的歌，把头顶的阳光编织成五彩的云裳，遮挡凌空而至的风霜雨雪。每一天都向人们敞开，让花朵与微笑回归你疲惫的心灵，让欢乐成为今天的中心。如果有荆棘阻挡你匆匆的脚步，那也是今天最真实的生活。

　　迎接今天的最佳姿势就是站立，用你的手拂去昨天的狂热与沉寂，用你的手推开明天的迷雾与霞辉，用你的手握住今天的沉重与轻松。把迎风而舞的好心情留在今天，把若隐若现的阴影也留给今天。

　　享受你现在的年龄吧，让生命感知生活的无边快乐。

每个年龄都是最好的。但在现实生活中，我们常常认为自己所处的年龄是最糟的。史威福说："没有人活在现在，大家都活着为其他时间做准备。"要么是回忆过去的美好时光，要么为了将来苦思冥想、疲于奔命，独独忘了要把握现在，活在现在。

试了才知道好不好

迈克尔·戴尔总喜欢这样说："如果你认为自己的主意很好，就去试一试！"

当迈克尔·戴尔进入得克萨斯大学的时候，像大多数大一学生那样，他需要自己想办法赚零用钱。那时候，大学里人人都谈论个人电脑，但由于售价太高，许多人买不起。一般人所想要的，是能满足他们的需要而又售价低廉的电脑，但市场上没有。

戴尔心想："经销商的经营成本并不高，为什么要让他们赚那么丰厚的利润？为什么不由制造商直接卖给用户呢？"戴尔知道，IBM 公司规定经销商每月必须提取一定数额的个人电脑，而多数经销商都无法把货全部卖掉。如果存货积压太多，经销商损失会很大。于是，他按成本价购买经销商的存货，然后在宿舍里加装配件，改进性能。这些经过改良的电脑十分受欢迎。戴尔见市场的需求巨大，于是在当地刊登广告，以零售价的八五折推出经他改装过的电脑。不久，许多商业机构、医生诊所和律师事务所都成了他的顾客。

有一次戴尔放假回家时，他的父母担心他的学习成绩。"如果你想创业，等你获得学位之后再说吧。"戴尔答应了，可是一回到学校，他就觉得如果听父母的话，就是在放弃一个一生难遇的机会。"我认为我绝不能错过这个机会。"一个月后，他又开始销售电脑，每月赚5万多美元。

戴尔坦白地告诉父母："我决定退学，自己开办公司。""你的目标到底是什么？"父亲问道。"和IBM公司竞争？"他的父母觉得他太好高骛远了。但无论他怎样劝说，戴尔始终坚持己见。终于，他们达成了协议：他可以在暑假时试办一家电脑公司，如果办得不成功，到9月他就回学校去读书。戴尔回到学校后，拿出全部储蓄创办戴尔电脑公司。他以每月续约一次的方式租了一个只有一间房的办事处，雇用了第一位雇员，是一名28岁的经理，负责处理财务和行政工作。在广告方面，他在一只空盒子底上画了戴尔电脑公司第一个广告的草图。他的一位朋友按草图重绘后拿到报馆去刊登。戴尔仍然专门直销经他改装的IBM公司的个人电脑。第一个月营业额达到18万美元，第二个月26.5万美元，不到一年，他便每月售出个人电脑1000台。于是，戴尔毅然地走出了学校，开创自己的事业。

当迈克尔·戴尔的其他同学大学毕业的时候，他的公司每年营业额已达7000万美元。

只有经历了磨难，才能抵达理想的彼岸

苦难就是河水，我们都是泥人。那么，天堂在哪里？

有一天，上帝宣旨说，如果哪个泥人能够走过他指定的河流，他就会赐给这个泥人一颗永不消逝的金子般的心。

这道旨意下达之后，泥人们久久都没有回应。不知道过了多久，终于有一个小泥人站了出来，说它想过河。

"泥人怎么可能过河呢？你不要做梦了。"

"走不到河心，你就会被淹死的！"

"你知道肉体一点儿一点儿失去时的感觉吗？"

"你将会成为鱼虾的美味，连一根头发都不会留下！"

……

其他的泥人都在劝它。

然而，这个小泥人决意要过河。它不想一辈子只做这么个小泥人，它想拥有一颗金子般的心。但是，它也知道，要拥有上帝赐予的心，必须遵守他的旨意，即要到天堂，必得先过地狱。而它的地狱，就是它将要去经历的河流。

小泥人来到了河边，犹豫了片刻，它的双脚踏进了水中，顿时撕心裂肺的痛楚淹没了它。它感到自己的脚在飞快地融化着，每一分、每一秒都在远离自己的身体。

"快回去吧，不然你会毁灭的！"河水咆哮着说。

小泥人没有回答，只是沉默着往前挪动，一步、二步……这一刻，它忽然明白，它的选择使它连后悔的资格都不具备了。如果倒退上岸，它就是一个残缺的泥人；在水中迟疑，只能够加快自己的毁灭。而上帝给它的承诺，则比死亡还要遥远。

小泥人孤独而倔强地走着。这条河真宽啊，仿佛耗尽一生也走不到尽头似的。小泥人向对岸望去，看见了那里锦缎一样的鲜花和碧绿无垠的草地，还有轻盈飞翔的小鸟。上帝一定坐在树下喝茶吧，也许那就是天堂的生活。可是它付出一切也几乎没有什么可能抵达。那里没有人知道它，知道它这样一个小泥人和它那个梦一样的理想。上帝没有赐给它出生在天堂当花草的机会，也没有赐给它一双小鸟的翅膀。但是，这能够埋怨上帝吗？上帝是允许它去做泥人的，是它自己放弃了安稳的生活！

小泥人的泪水流下来，冲掉了它脸上的一块皮肤。小泥人赶紧抬起脸，把其余的泪水统统压回了眼睛里。泪水顺着喉咙一直流下，滴在小泥人的心上。小泥人第一次发现，原来流泪也可以有这样一种方式——对它来说，也许这是目前唯一可能的方式。

小泥人以一种几乎不可能的方式向前移动着，一厘米、一厘米，又一厘米——鱼虾贪婪地吸着它的身体，松软的泥沙使它每一瞬间都摇摇欲坠，有无数次，它都被波浪呛得几乎窒息。小泥人真想躺下来休息一会儿啊，可它知道，一旦躺下，它就会永远安眠，连痛苦的机会都没有。它只能忍受、忍受、再忍受。奇妙的是，每当小泥人觉得自己就要死去的时候，总有什么东西使它能够坚持到下一刻。

不知道过了多久——简直就到了让小泥人绝望的时候，小泥人突然发现，自己居然上岸了。它如释重负，欣喜若狂，正想往草坪上走，又怕自己褴褛的衣衫玷污了天堂的洁净。它低下头，开始打量自己，却惊奇地发现，它已经什么都没有了——除了一颗金灿灿的心。而它的眼睛，正长在它的心上。

它什么都明白了，天堂里从来就没有什么幸运的事情。花草的种子先要穿越沉重黑暗的泥土才得以在阳光下发芽微笑，小鸟要折断无数根羽毛才能够锤炼出凌空的翅膀，就连上帝，也不过是曾经在地狱中走了最长的路挣扎得最艰难的那个人。而作为一个小小的泥人，它只有以一种奇迹般的勇气和毅力，才能够让生命的激流荡清灵魂的浊物，然后，找到自己本来就有的那颗金子般的心。

只有行动能让梦想不停留于梦想

和加·纳斯尔到一家毡房里做客。这座毡房里住着两个吝啬的亲兄弟。

当和加·纳斯尔走进毡房时，他们的锅里正煮着一只鹌鹑。一见和加·纳斯尔，他们马上撤去了锅下的柴火，在锅架上挂上了一壶茶。

"你们干吗煮茶给自己添麻烦呢？我们喝上一碗肉汤，让油花沾沾嘴唇，不就行了吗？"客人说。

"您先喝碗茶吧！锅里煮的只有一只鹌鹑，我和我弟弟打算睡觉时分别做上一梦，第二天喝早茶时，各自把梦讲述一遍，我俩谁的梦好，这只鹌鹑就归谁吃！"哥哥说。

"这么说，我也需要做梦吗？"和加·纳斯尔问道。

"当然，您同样需要做梦。假如您的梦比我们俩的梦都好的话，鹌鹑就归您吃！怎么样？现在请喝茶吧！"

就这样，和加·纳斯尔在这一对吝啬兄弟的捉弄下，瘪着肚子躺下了。

第二天清晨，当他们起床穿衣服的时候，和加·纳斯尔便问起梦来。

大哥说："我梦见我和我的妻子和两个孩子全都披绸穿缎，骑着神鸟，在辽阔的蓝天里自由翱翔，穿过一团团白云，向天空中最美的太阳和月亮飞去。那里应有尽有，地上遍布着财宝，星星都簇拥在我们周围。"

弟弟接着说："我哥哥在天空飞翔的情景，我也在梦中见到了。但是，我的梦更奇特。我一下子娶了3个老婆，又生下了13个孩子。我们全家想吃什么便有什么，过上了非常富裕的生活。我又被百姓们推选为可汗。一天，我们坐上了轿子来到了海边，然后，又坐上船，在无边无际的大海里游玩、散心。世上的百姓全都惊异地望着我们。可是，我们连看也不看他们。"

这时，和加·纳斯尔说："呵呵，你们两个的梦都很有趣。我在梦中一直看着你们俩干这又干那，我想：你们两个都过上了这样幸福、豪华的生活，一个在天上飞，一个在海里游，对你们来说，这口黑锅中煮的这只又小又不好的鹌鹑，还有什么用呢？于是，我半夜爬起来，把它吃了！"

兄弟俩目瞪口呆，把锅盖掀起一看，鹌鹑真的没有了。

不管你的梦做得有多么好，你都不可能真正地拥有梦中的东西。但是，在现实生活中，无论你做了多么微不足道的事情，也不管它是不是值得一提，这件事情却是真实存在的，是你可以拥有的。只有行动起来，才会有所收获。

好运气也是努力的结果

经济萧条时期，钱很难赚。一位有孝心的小男孩，实在看不下去父母起早贪黑地工作却仍然无法解决整个家庭的温饱，所以偷偷溜到大街上想找个工作。他的运气还算不错，真的有一家商铺想招一个小店员。小男孩就跑去试试。结果，跟他一样，共有7个小男孩都想在这里碰碰运气。

店主说："你们都非常棒，但遗憾的是我只能要你们其中的一个。我们不如来个小小的比赛，谁最终胜出了，谁就留下来。"

这样的方式不但公平，而且有趣，小家伙们当然都同意。

店主说："我在这里立一根细钢管，在距钢管2米的地

一个人的好运气并不是上天赐予的，而是靠自己的努力赢来的。只要你肯付出，你就会有所收获；只要你比别人更努力，好运气自然也就会降临。

方画一条线，你们都站在线外面，然后用小玻璃球投掷钢管，每人 10 次机会，谁掷准的次数多，谁就胜。"

结果天黑前谁也没有掷准一次，店主只好决定明天继续比赛。

第二天，只来了 3 个小男孩。店主说："恭喜你们，你们已经成功地淘汰了 4 个竞争对手。现在比赛将在你们 3 个人中间进行，规则不变，祝你们好运。"

前两个小男孩很快掷完了，其中一个还掷准了一次钢管。

轮到这位有孝心的小男孩了。他不慌不忙走到线跟前，瞅准立在 2 米外的钢管，将玻璃球一颗一颗地投掷出去。

他一共掷准了 7 下。

店主和另两个小男孩十分惊诧：这种几乎完全靠运气的游戏，好运气为什么会一连在他头上降临 7 次？

店主说："恭喜你，小伙子，最后的胜者当然是你。可是你能告诉我，你胜出的诀窍是什么吗？"

小男孩眨了眨眼睛说："这比赛是完全靠运气的。为了赢得这运气，昨天我一晚上没睡觉，我一直在练习投掷。"

生活是最好的老师

　　2002 年 10 月 27 日，卢拉当选巴西第四十任总统，这位工人出身的劳工党候选人，只读过五年小学。许多传记作家都想揭开卢拉的成功之谜，但卢拉从没安排过与此有关的采访。

　　后来，卢拉总统前往一个名叫卡巴的小镇视察，该镇的小学请他带领学生上一节早读课，由于邀请他的那个班有一位盲童，卢拉总统欣然同意。

　　卢拉总统领读的是一篇题为《我的第一任老师》的课文。读完后，盲童怯怯地问了这么一个问题："总统，您的第一任老师是谁？"卢拉总统沉思了片刻，讲了这么一个故事：

　　也是像你们这么大的时候，我放学回家。在准备开门的时候，钥匙找不到了。返回学校去找，没有；去问同学，同学也都没见到。当时我父母不在家，要星期天才能回来。怎么办呢？我找来一枚别针，想钩开那把锁，可弄不开。于是我转到房子的后面，想从窗户爬进去，可是窗户是从里面关死的，不砸坏玻璃就无法进去。怎么办？就在我准备爬上房顶，从天窗里跳进去的时候，邻居博尔巴先生看到了我。

"你想干什么，小伙子？""我的钥匙丢了，我无法从门里进去。"我说。"你就不能想点办法吗？"他问。"我已经想尽了所有的办法。"我回答。"你没有想尽所有的办法，至少你没有请求我的帮助。"说着，他从口袋里掏出钥匙，把门打开了。

当时，我一下愣住了。原来，我妈妈在他家留了一把我家的钥匙。你如果问我，谁是我的第一任老师，我认为是博尔巴先生。

从此，卢拉总统的故事就传开了，也许不会再有人对一个只有小学文化的人当选总统感到惊奇了。

❧有勇气打开阻隔的门，才会成为真正的英雄❧

有一位青年一心想成为真正的英雄。经过三个月的跋山涉水，他终于在深山里的一间小木屋里找到了日思夜想的智者。

青年走上前去敲门："我不远万里而来，就是想弄明白一个问题：怎样才能成为真正的英雄？"

智者在屋里面说："现在晚了，你明天再来吧！"

第二天一早，青年又去敲门。

智者说："现在太早了，我还没到起床的时候，你明天再来吧！"

第三天一早，青年又去敲门。

智者说："现在你来得太迟了，我要去晨练，你明天再来吧！"

青年第六次去敲智者的门时，智者又说："我要休息了，你明天再来吧！"

青年怒从心起，大声说："每次你都这样推三推四，我何时才能成为真正的英雄？"青年说完踢开了智者的门，直冲进屋里去。

智者笑眯眯地看着怒发冲冠的青年，说："我等了6天，就等你鼓足勇气打开我的门。"

第八章

说话有分寸，办事有尺度

☞ 同一语句或动作，可以做不同的解释 ☜

从前，有一个算命的道士，对占卜吉凶、推演因果很有一套。当地许多人有事的时候，都去他那里求签问卜，算上一卦。

有一次，有三个书生进京赶考，路过此地，听说那道士算命非常灵验，便一同前去算命道士那里，虔诚地向道士说："我们三个此番进京赶考，烦道长算一算谁能考中？"

那道士眼都没睁，嘴里煞有介事地叨念了一会儿，向他们伸出一个手指，但却只字未说。三个考生莫名其妙，一个考生又着急地问道："我们三人谁能考中？"那道士还是一言不发，依旧伸出一只手指，算是回答。三个考生见道士迟迟不肯开口讲话，以为是天机不可泄露，只好心怀疑虑地走了。

三个考生走后，道士身边的小童好奇地问："师父，他们三人到底有几个得中？"

　　道士胸有成竹地说："中几个都说到了。"

　　道童说："你这一个指头是什么意思？是一个中？"

　　道士说："对。"

　　道童还是有些不解，又问："要是他们中间有两个人中了呢？"

　　道士答道："那就是有一个不中。"

　　道童说："他们三人要是都中了呢？"

　　道士说："那就是一齐中。"

　　道童又问："要是三人都没考中呢？"

　　道士说："这个指头就是一个也没中。"

　　小道童这才恍然大悟。

在某种特定的情形下，同一语句或动作常常可以表达不同的意思、不同的判断。因此，可以根据当时某种需要做不同的解释。

用含蓄的语言，把意思委婉地表达出来

巴甫洛夫是俄国杰出的生理学家，他32岁才结婚。如同他杰出的研究成果一样，他的求婚也别具一格。

1880年最后一天，巴甫洛夫还在他的生理实验室没回家，许多同学在他家等他。天下着雪，彼得堡市议会大厦的钟敲了11下。一个同学不耐烦地说："巴甫洛夫真是个怪人。他毕业了，又得过金牌，照理可以挂牌做医生，那样既赚钱、又省力。可他为什么要进生理实验室当实验员呢？他应该知道，人生在世，时日不多，应该享享福、寻找快活才是呀。"

巴甫洛夫的同学里面，有一个教育系的女学生叫赛拉非玛。她听了那个同学的话，站起来说："你不了解他。不错，人的生命是短促的，但正因为如此，巴甫洛夫才努力工作。他经常说，在世界上，我们只活一次，所以更应该珍惜光阴，过真实而又有价值的生活。"

在日常生活中，有些话直接说出来会很尴尬，还可能会遭到对方的拒绝。在这种情形下，不妨用含蓄的语言，间接地把意思委婉地表达出来。这样不但会显得很幽默，而且往往容易达到目的。

夜深了，同学们渐渐散去，赛拉非玛干脆到实验室门口去等巴甫洛夫。

钟声响了12下，已经是1881年元旦了，巴甫洛夫才从实验室出来。他看到赛拉非玛，很受感动，挽着她的手走在雪地上。突然，巴甫洛夫按着赛拉非玛的脉搏，高兴地说："你有一颗健康的心脏，所以脉搏跳得很快。"

赛拉非玛奇怪了："你这是什么意思？"

巴甫洛夫回答："要是心脏不好，就不能做科学家的妻子了。因为一个科学家把所有的时间和精力都放在科研工作上，收入又少，又没空兼顾家务。所以，做科学家的妻子一定要有健康的身体，才能够吃苦耐劳、不怕麻烦地独自料理琐碎的家务。"

赛拉非玛当即会意，说："你说得很好，我一定做个好妻子。"

就这样，他求婚成功了。在这一年，他们结婚了。

❧ 讲个故事，最后把自己换成主角 ❧

　　1866 年，对俄国的著名作家陀思妥耶夫斯基来说是灾难性的一年，妻子玛丽娅病逝，没过多久，他的哥哥也病逝了。因为付出了沉重的医疗费，再加上其他的开销，陀思妥耶夫斯基此时已负债累累。

　　为了还债，他为出版商赶写小说《赌徒》，请了一位名叫安娜·格利戈里耶夫娜的 20 岁的速记员。安娜非常善良，并且聪明活泼，十分讨人喜欢。

　　安娜非常崇拜陀思妥耶夫斯基，工作也非常认真，一丝不苟。书稿《赌徒》完成后，作家已经爱上了他的速记员，但不知道安娜是否愿意做他的妻子，于是，他把安娜请到自己的工作室，对安娜说："我又在构思一部小说。"

"是一部有趣的小说吗？"她问。

"是的。只是小说的结尾部分还没有安排好，一个年轻姑娘的心理活动我把握不住，现在只有求助于你了。"他见安娜听得很认真，继续说，"小说的主人公是个艺术家，已经不年轻了……"

主人公的经历就是作家自己，安娜听出来了，她忍不住打断他的话："你为什么折磨你的主人公呢？"

"看来你好像同情他？"作家问安娜。

"我非常同情，他有一颗善良的心、充满爱的心。他遭受不幸，但依然渴望爱情，热切期望获得幸福。"安娜有些激动。

陀思妥耶夫斯基接着说："用作者的话说，主人公遇到的姑娘，温柔、聪明、善良，通达人情，算不上美人，但也相当不错。我很喜欢她。"

"但很难结合，因为俩人性格、年龄悬殊。年轻的姑娘会爱上艺术家吗？这是不是心理上的失真？我请你帮忙，听听你的意见。"作家征求安娜的意见。

"怎么不可能！如果俩人情投意合，她为什么不能爱艺术家？难道只有相貌和财富才值得去爱吗？只要她真正爱他，她就是幸福的人，而且永远不会后悔。"

"你真的相信，她会爱他？而且爱一辈子？"作家有些激动，又有点儿犹豫不决，声音颤抖着，显得窘迫和痛苦。

安娜怔住了，终于明白他们不仅仅是在谈文学，而且在构思一个爱情绝唱的序曲。安娜的真实心理正如她自己所言，她非常同情主人公，即作家陀思妥耶夫斯基的遭遇，且从内心里爱慕这位伟大的作家，如果模棱两可地回答作家的话，对他的自尊将是可怕的打击。

于是安娜激动地告诉作家："我回答，我爱你，并且会爱你一辈子。"

后来，作家同安娜结为伉俪，在安娜的帮助下，陀思妥耶夫斯基还清了压在身上的全部债务，并在短短的后半生写出了许多不朽之作。

陀思妥耶夫斯基向安娜求爱的妙计，历来被世人当作爱情佳话，广为传诵。

❦ 倾听让你受欢迎 ❦

韦恩是罗宾见到的最受欢迎的人士之一。他总能受到邀请，经常有人请他参加聚会、共进午餐、担任客座发言人、打高尔夫球或网球。

一天晚上，罗宾碰巧到一个朋友家参加一个小型社交活动。他发现韦恩和一个漂亮女士坐在一个角落里。出于好奇，罗宾远远地注意了一段时间。罗宾发现那位年轻女士一直在说，而韦恩好像一句话也没说。他只是有时笑一笑，点一点头，仅此而已。几小时后，他们起身，谢过男女主人，走了。

第二天，罗宾见到韦恩时禁不住问道：

"昨天晚上我在斯旺森家看见你和最迷人的女孩在一起。她好像完全被你吸引住了。你怎么抓住她的注意力的？"

"很简单。"韦恩说，"斯旺森太太把乔安介绍给我，我只对她说：'你的皮肤晒得真漂亮，在冬季也这么漂亮，是怎么做的？你去哪呢？阿卡普尔科还是夏威夷？'

"'夏威夷。'她说，'夏威夷永远都风景如画。'

"'你能把一切都告诉我吗？'我说。

"'当然。'她回答。我们就找了个安静的角落，接下来的两个小时她一直在谈夏威夷。

"今天早晨乔安打电话给我，说她很喜欢我陪她。她说很想再见到我，因为我是最有意思的谈伴。但说实话，我整个晚上没说几句话。"

看出韦恩受欢迎的秘诀了吗？很简单，韦恩只是让乔安谈自己。他对每个人都这样——对他人说："请告诉我这一切。"这足以让一般人激动好几个小时。人们喜欢韦恩就因为他注意他们。

假如你也想让大家都喜欢，那么就尊重别人，让对方认为自己是个重要的人物，满足他的成就感，而最好的办法就是谈论他感兴趣的话题。千万不要喋喋不休地谈自己，而要让对方谈他的兴趣、他的事业、他的高尔夫积分、他的成功、他的孩子、他的爱好和他的旅行，等等。

让他人谈自己，一心一意地倾听，要有耐心，要抱有一种开阔的心胸，还要表现出你的真诚，那么无论走到哪里，你都会大受欢迎。

⟨善意的谎言，有时也很美丽⟩

她，年轻美丽，身边有很多的追求者。他，是一个很普通的人。他和她相识在一个晚会上，晚会结束时，他邀请她一块儿去喝咖啡，出于礼貌，她答应了。

坐在咖啡馆里，两个人之间的气氛很是尴尬，没有什么话题，她只想尽快结束，好回去。但是当小姐把咖啡端上来的时候，他却突然说："麻烦你拿点盐过来，我喝咖啡习惯放点儿盐。"当时，她愣了，小姐也愣了，大家的目光都集中到了他身上，以至于他的脸都红了。

小姐把盐拿过来，他放了点儿进去，慢慢地喝着。她是个好奇心很重的女子，于是很好奇地问他："你为什么要加盐呢？"他沉默了一会儿，很慢地几乎是一字一顿地说："小时候，我家住在海边，我老是在海水里泡着，海浪打过来，海水涌进嘴里，又苦又咸。现在，很久没回家了，咖啡里加点儿盐，能让我想起那种家的感觉，可以把距离拉近一点儿。"

她突然被打动了，因为，这是她第一次听到男人在她面前说想家，她认为，想家的男人必定是顾家的男人，而顾家的男人必定是爱家的男人。她忽然有一种倾诉欲望，跟他说起了她远在千里之外的故乡，冷冰冰的气氛渐渐变得融洽起来。两个人聊了很久，并且，她没有拒绝他送她回家。

再以后，两个人频繁地约会，她发现他实际上是一个很好的男人，大度、细心、体贴，具备她欣赏的所有优秀男人应该具有的特点。她暗自庆幸，幸亏当时的礼貌，才没有和他擦肩而过。她和他去遍了城里的每家咖啡馆，每次都是她说："请拿些盐来好吗？我的朋友喜欢在咖啡里加点儿盐。"

再后来，就像童话书里所写的一样，"王子和公主结婚了，从此过着幸福的生活"。他们确实过得很幸福，而且一过就是四十多年，直到他得病去世。

他在临终前写给她一封信："原谅我一直都欺骗了你。还记得第一次请你喝咖啡吗？当时气氛差极了，我很难受，也很紧张，不知怎么想，竟然对小姐说拿些盐来，其实我不想加盐的，但当时既然说出来了，只好将错就错了。没想到竟然引起了你的好奇心，这一小小的举动，让我喝了半辈子加盐的咖啡。有好多次，我都想告诉你，可我怕你会生气，更怕你会因此离开我。现在我终于不怕了，因为我就要死了，死人总是很容易被原谅的，对不对？今生，得到你是我最大的幸福，如果有来生，我还希望能娶到你，只是，我可不想再喝加盐的咖啡了！"

她看完信后泪流满面。她多想告诉他，虽然他欺骗了她，但她并不生他的气，她觉得她是幸福的，因为有人为了她，能够欺骗一生一世。

沉默是金

　　沉默是无声的语言，有一种埋藏在深处的震撼力。沉默可以积蓄力量，有力量的人更多的是以沉默的方式表现出来的。

　　学会适时沉默，除了可以不战而胜之外，还可避免自己成为别人的目标。

　　沉默是一种气度，只有沉浸其中，才能体会到它的价值。

美国大发明家爱迪生发明了自动发报机之后，他想卖掉这项发明以及制造技术，然后建造一个实验室。因为不熟悉市场行情，不知道能卖多少钱，爱迪生便与夫人米娜商量。米娜也不知道这项技术究竟值多少钱，她一咬牙，发狠心地说："要2万美元吧，你想想看，一个实验室建造下来，至少要两万美元。"爱迪生笑着说"2万美元，太多了吧？"米娜见爱迪生一副犹豫不决的样子，说："要不然，你卖时先套商人的口气，让他出个价，再说。"

　　当时，爱迪生已经是一位小有名气的发明家了。美国一位商人听说这件事，愿意买下爱迪生的自动发报机发明制造技术。在商谈时，这位商人问到价钱。因为爱迪生一直认为要两万美元太高了，不好意思说出口，当时他的夫人米娜上班没有回来，爱迪生甚至想等到米娜回来再说。最后商人终于耐不住了，说："那我先开个价吧，10万美元，怎么样？"

　　这个价格非常出乎爱迪生的意料，他心中大喜，当场不假思索地和商人拍板成交。后来爱迪生对他妻子米娜开玩笑说："没想到沉默了一会儿就赚了8万美元。"

　　沉默是金。在人生的很多关口，譬如面对一个自我赞扬的环境，面对一个据理力争的争论，面对一个强词夺理的上司等情况时，沉默虽然不会像爱迪生一样创造8万美元的价值，但它同样会让我们看到刹那间的前程和退路，沉默可以给对方和自己都留有余地，沉默甚至可以挽救我们。

❧破坏一个人的兴趣，对他是一种精神上的打击❧

某城市晚间将首次上演一部被公众认为是将引起空前轰动、惊险绝伦的侦探剧。首场票在几星期以前就被抢购一空了。人们站在剧场门前议论着："剧名叫什么？""《公园街谋杀案》。""听这剧名还挺惊险的。""要论惊险，那剧情才更叫人觉得够味。听说快至终场时，还没有人能弄明白究竟谁是谋杀者。当幕布徐徐落下的一刹那，才会使人恍然大悟、茅塞顿开。这无疑将是令人意想不到的答案。"

听着这非同一般的议论，刚刚下火车到达此城的李甲实在按捺不住急切的心情。他狠了狠心，花了近10倍的价钱在黑市买了一张包厢里的席票，决心认真听好每一句台词，凝神屏气地仔细咀嚼其弦外之音、言外之意。当他神情激动地踏进剧院大门时，观众席里已是漆黑一片。一位包厢侍者殷勤地领着李甲来到他的包厢。此时，舞台上的幕布正缓缓上启。

"先生，这座位还不错吧？"他伸出手来等待着这位迟到观众的小费。可李甲此时直盯着舞台，丝毫没有理会他的这一举动。

侍者决心不错过任何一个争得收入的机会，轻声问道："是否可以替您去存衣处存衣帽？""不用了，谢谢。"片刻之后，黑暗中又传来问话："来份节目单怎么样？上面还有剧照呢！""不，谢谢。""那么，来杯喝的怎么样？"

演出已经开始，李甲不耐烦地摆了摆手。这个时候，观众们早就静下心来了，可他却因连续的问题根本无法平静。紧接着，侍者凑到近前："散场后，您是否希望叫辆出租车？""不！""用不着叫车吗？""对！""那么，现在是否来点儿巧克力？""我什么也不需要，谢谢！"

剧情一开始就扣人心弦，平素酷爱侦探故事情节剧目的李甲，生怕错过或是漏掉一句台词。可身边包厢侍者的絮叨使他十分恼火。他想这回他该走了吧，谁知一回头，他不仅在后面站着，还又问了一句："场间休息时，来杯香槟酒或是来几个面包卷什么的，好吗？""不，不要，我什么都不要！见鬼，快滚远点！不要影响我看剧！"李甲实在忍不住发火了。

直到这时候，侍者才似乎意识到这位观众急于认真看剧的心情，恐怕是赚不到分文了。他深深地向李甲鞠了一躬，然后伸手指着舞台，凑近他耳朵，压低了嗓音，深恶痛绝地说："瞧那个园丁，他就是凶手！"之后，悄然退出包厢。李甲此时的心情简直是无法形容，情绪一落千丈，使他花费高价寻求的乐趣一下就化为乌有了。

他终于领会到，因为没有接受侍者的服务，使其失去了本可以赚得的一笔小费，因此他得到了侍者的报复。

兴趣是人们力求认识某种事物和渴望探求真理的意识倾向。这种倾向与人们的情绪状态往往直接相联系，于是就产生了旺盛的求知欲和强烈的好奇心，这种求知欲和好奇心得到满足是一种精神上的幸福和快乐。相反，得不到它，就会在精神上陷于痛苦。所以说，破坏别人的兴趣，对人是一种精神上的打击。

人人都喜欢被赞美，但赞美要恰到好处

在成功学大师戴尔·卡耐基的记忆中，有着一段令他恐惧的回忆，那就是他曾去当二流推销员的经历。

在那时没有工作，随时就可能饿死，卡耐基不得不到派克尔德货车专柜，当个二流推销员，他那时当推销员的成绩并不理想，但他正确使用了恰到好处的恭维术，使他奇迹般地在那个地方待了下来，并生存了下去。

卡耐基对发动机、车油和部件设计之类的机械知识毫无兴趣，因此他无法掌握自己推销产品的性质。

当有顾客走来时，卡耐基立刻走上前向他们推销货车，但说话往往连货车边都沾不上，顾客觉得他是一个疯子，很奇怪老板怎么会雇用一个疯子来卖货车。

老板这时很气愤地向他走来，吼道："戴尔，你是在卖货车还是在演说？告诉你，明天再卖不出去东西，我会让你滚蛋的。"

卡耐基此刻心中也急了，要知道，每天的面包费还得从老板那儿出呢。

他立刻说："老板，为了让我可以吃上面包，我会好好干的。而且呢，看天气，明天你的生意会一帆风顺的。"

老板这才消了气，因为他被卡耐基恭维得舒舒服服的。

当然，卡耐基为了生存，自然下了番工夫。第二天时来运转，竟卖出了一个汽车引擎。这时，老板感到卡耐基是个可造之才。因此，解雇他的事再也没有提起过。

第九章

注重细节，抓住每次机遇

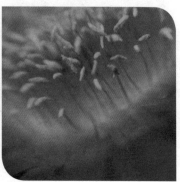

❧一些看似极微小的事情，却有可能引发重大事件❧

一只蝴蝶在巴西扇动翅膀，有可能会在美国的得克萨斯引起一场龙卷风。

这就是洛伦兹在 1979 年 12 月华盛顿的美国科学促进会的一次讲演中提出的"蝴蝶效应"。这次演讲和结论给人们留下了极其深刻的印象。从此以后，所谓"蝴蝶效应"之说就不胫而走，名声远扬了。

"蝴蝶效应"之所以令人着迷、令人激动、发人深省，不但在于其大胆的想象力和迷人的美学色彩，更在于其深刻的科学内涵和内在的哲学魅力。

从科学的角度来看，"蝴蝶效应"反映了混沌运动的一个重要特征：系统的长期行为对初始条件的敏感依赖性。

经典动力学的传统观点认为，系统的长期行为对初始条件是不敏感的，即初始条件的微小变化对未来状态所造成的差别也是很微小的。可混沌理论向传统观点提出了挑战。混沌理论认为在混沌系统中，初始条件的十分微小的变化经过不断放大，对其未来状态会造成极其巨大的差别。有一首在西方流传的民谣对此做了形象的说明，这首民谣说：

丢失一个钉子，坏了一只蹄铁；坏了一只蹄铁，折了一匹战马；
折了一匹战马，伤了一位骑士；伤了一位骑士，输了一场战斗；
输了一场战斗，亡了一个帝国。

马蹄铁上一个钉子是否会丢失，本是初始条件的十分微小的变化，但其"长期"效应却是一个帝国存与亡的根本差别。这就是军事和政治领域中的所谓"蝴蝶效应"。

虽然这有点不可思议，但是确实能够造成这样的恶果。横过深谷的吊桥，常从一根细线拴个小石头开始。

不要瞧不起一些细小的事情，一些看似极微小的事情，却有可能引发重大事件。在日常生活和工作中，一定要防微杜渐，不要让一些看似不起眼的小事毁坏了自己的整个人生。

留心生活中的细节，不给生活留遗憾

　　生活中，我们常常会忽略很多东西，或是因为生活的忙碌，或是因为自己的粗心大意，就在有意无意间遗漏了很多，有些我们可以挽回，而有些却永远无法挽回。所以，我们要留心生活中的每一个细节，不要让生活留下太多的遗憾。

在一篇名为《漏掉的阳光》的文章中，作者张丽钧讲了这样几个故事。

被遗弃在角落里的爱

在临近高中毕业的时候，一个叫舒的女生，找到张丽钧，送给她一个精美的本子，并说："老师，虽说我只听过您的3节课和您搞的几个讲座，但我特别特别喜欢您——这个，送给您，留个纪念吧。"

一年后的一天，有个同事领着他的孩子来张丽钧的办公室玩，张丽钧要送一件东西给那个乖巧的女孩，便从书架上抽出了舒送给他的本子。当她打开扉页，打算写几句鼓励的话语时，却发现那本子的第一页上有字！第二页也有字！再往后翻，原来整个本子都写满了字！——那些是张丽钧在各种报刊发表的各类文章，舒居然一篇篇地抄了下来，还精心地配了插图。

张丽钧悔悟：一年来，那颗跳动在远方大学校园里的心，该幸福地冥想过多少遍这个本子带给她的快乐啊，可她却这么粗疏，把一分深深的爱弃置在一个角落，冷落了整整一年。

被倒掉的生命

张丽钧出差两周后回到家，发现家里一切都乱糟糟的，她顾不上旅途的辛劳，挽起袖子就干起家务来。两个钟头之后，家里的一切都井井有条了。鱼缸里浑浊的水也换了。

儿子放学回到家，直奔鱼缸而去，看着新换的清水，急问张丽钧："原来的水呢？"张丽钧说："倒水池了……"没想到儿子听后突然号啕大哭起来。

张丽钧慌了，说："你哭什么——7条鱼，一条也不少哇。"儿子继续号啕大哭着说："有一条鱼，生了5条小鱼……很小很小的……你都给倒了！"

张丽钧一下子傻了眼。在她出差之前，有一条热带鱼的肚子明显地鼓了起来，她跟儿子说："这条鱼快要做妈妈了呢！"哪知道，那刚刚诞生的小生命竟被自己粗心地戕害了。

被忽视的《人论》

在长春育人书店，张丽钧发现了那么多好书。她告诫自己不要过于贪心，千里带书，这可是出门人最不易的事儿，因为实在太累人了。因此，挑书的时候她非常谨慎。

拖着一箱子书回到家，当晚她竟替自己幸福的书橱兴奋得彻夜难眠。

先生浏览那些新书的时候，突然问道："你怎么又买了一本卡西尔的《人论》？"

张丽钧的心咚咚地跳起来："什么叫又买了一本？难道说我以前买过？"

先生不说话，却准确无误地从书橱的某一层中抽出一本同样是由甘阳翻译、上海译文出版社出版的《人论》，用揶揄的语调问道："这是什么？"

张丽钧这才想起，几年前她去北京出差，的确曾在王府井书店买了一本《人论》。

张丽钧心虚得不敢看先生的眼睛，因为她从来没有读过这本书。

被丢弃的杜鹃花

春节期间，张丽钧到楼下李姐家去串门。

李姐的家很朴素，最抢眼的当属窗台上的一盆美艳的杜鹃花。

张丽钧问李姐："那是真花还是假花？"李姐说："是真花——腊八的时候就开始热热闹闹地开，一直开到现在。"张丽钧不禁啧啧称赞着，慨叹自己有一双巧手，任什么花也拉扯不活。李姐笑着说："说来有意思，这盆杜鹃花是捡来的！秋天的时候，不知是谁把这盆花扔到了垃圾池里，我看它还有活过来的希望，就把它抱了回来。"

张丽钧惊讶地张大了嘴巴，却说不出一句话——能说什么呢？3个月前，她亲手丢掉了这盆落光了叶子的杜鹃花，她哪里料想得到，那些被她看成了柴棍的枯枝，竟还能够孕育花苞！

❦哪怕只是举手之劳，也可能会挽救一个人❧

一个男孩被绊倒在地，他怀里抱着的很多书、两件运动衫、一个棒球拍、一副手套和一个随身听全都掉在了地上。正在放学回家的路上的马克看到了，于是，马克单膝跪在地上帮他把散落的东西一一捡了起来。

这个男孩叫比尔，正好和马克同路，所以马克帮他拿了一部分东西。在路上，比尔告诉马克他喜欢玩电子游戏、打棒球和历史课，他说其他学科他学得不好。此外，他还告诉马克他刚刚和他女朋友分手。

他们先到达比尔的家。比尔邀请马克进去喝杯可乐，看看电视。那天下午他们在一起谈论，说笑，过得很愉快。从那以后，他们在校园里经常遇到，有时还在一起吃午餐。初中毕业后，他们又在同一所高中上学，在那里他们也有过几次短暂的接触。在他们毕业前3个星期，有一天，比尔问马克他们是否可以谈一谈。

比尔问马克是否还记得数年前他们第一次相遇时的情形。"你有没有想过那天我为什么要带那么多东西回家？"比尔问马克。

马克摇了摇头。

比尔说："你知道吗，我把我的衣物柜清理了一下，因为我不想把混乱留给别人。我已经从我母亲那儿偷偷拿了一些安眠药攒起来，那天我准备回家后就自杀。但是，在我们一起快乐地交谈和说笑之后，我意识到如果我自己结果了自己的性命，我就不会有那样快乐的时光，以及以后还可能会有的其他很多美好的东西。所以，你瞧，马克，当你那天捡起我的书，你不只是捡起了我的书，你还挽救了我的生命。所以，我想向你道谢！"

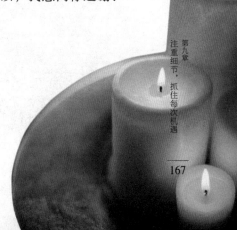

☞ 即使是最简单的事情，也要做到最好 ☜

野田圣子是一个年轻美丽的日本女孩子，她离开学校后找到的第一份工作，是在帝国酒店当白领丽人。

在酒店受训期间，酒店安排她打扫厕所。从小娇生惯养的她从来没有干过这样的活，在第一次清理马桶的时候，她差一点儿吐出来。

野田圣子明白，要当白领丽人，就必须从最基层的粗活开始干起。她每天强制自己打扫厕所，把马桶擦得干净、光洁，她觉得自己做得很好，应该是无可挑剔了。

可是有一天，一件野田圣子从未料到的事情使她的身心受到了强烈的震撼。

野田圣子打扫干净自己所负责的厕所以后，偶

一个人要想有所作为，一定要从小事做起，如果连最简单的事情都做不好，就不可能做好大事，也不可能成就大业。即使是最简单的事情，也要做到最好。只有这样，才能为以后做大事、成大业打下良好的基础。

然走进另一间厕所。负责打扫这间厕所的是一个蓝领清洁工，从外表看，野田圣子觉得清洁工打扫的厕所和自己打扫的没有什么两样。但清洁工打扫完厕所以后，从容地从马桶里舀了一杯水，当着野田圣子的面竟然喝了下去。野田圣子看呆了，她简直不敢相信自己的眼睛。然而，这一切都是真的！

心灵受到震撼的野田圣子感到十分惭愧，与清洁工打扫的厕所相比，她打扫的厕所的清洁度还差得远呢。她暗暗对自己说："连厕所也打扫不干净的人，将来是没有资格在社会上承担起重要责任的。如果让自己一辈子打扫厕所，也要做个打扫厕所最出色的人！"

清洁工以她的行动表明，她负责打扫的厕所有多么干净，干净到连马桶里的水也可以喝。

从此，野田圣子打扫厕所异常认真。有一天，在打扫完厕所、洗完马桶以后，她也很坦然地从马桶里舀了一杯水喝了下去。

喝马桶里的水的经历使野田圣子终生难忘，正是这次经历成为她今后为人处世的精神力量，她一步一步地走向成熟、走向成功。

⚫即使只做了一点小事，也会换来别人的感激之情⚫

石文终于搬进了新居。

送走了最后一批前来祝贺的亲朋好友后，石文与妻子刚要躺在沙发上休息一下，这时门铃又响了。石文在想，这么晚了怎么还会有客人呢？忙起身去开门，打开门一看，门外站着两位不认识的中年男女，看上去像是一对夫妻。石文正在疑惑中，那男子先开口，介绍说："我姓李，是一楼的住户，上来向你们祝贺乔迁之喜。"

原来是邻居啊！石文赶紧往屋里让。

李先生连忙摇头说："不麻烦了，不麻烦了，还有一件事情要请你们帮忙。"

石文说："别客气，有什么事情需要我们效劳？"

李先生请求道："你们以后出入单元防盗门的时候，能不能轻点关门，我们住在一楼，老父亲心脏不太好，受不了重响。"说完，静静地看着石文夫妻俩，眼里流露出一股浓浓的歉意。

石文沉默了片刻，回答说："当然没问题，只是有时候急了便会顾不上了。既然你父亲受不了惊吓，为什么还要住在一楼？"

李太太忙解释道："我们其实也不喜欢住一楼，那里既潮湿又脏，但是公公他腿脚不好，而且还有心脏病，心脏病人是要有适度的活动的。"听完后，石文心里顿时一阵感动，便答应以后尽量小心。

李先生一家对石文两口子是千恩万谢，弄得石文夫妻俩也挺不好意思的。在以后的日子里，石文发现他们的单元门与别处的单元门的确不太一样，所有的住户在开关防盗门时，都是轻手轻脚的，绝没有其他单元时不时"咣当"一声巨响。一问，果然都是受李先生所托。

时间过得很快，转眼一年过去了。有一天晚上，李先生夫妻又摁响了石文家的门铃，一见到他们，二话没说，先给石文与妻子深深地鞠了个躬，半晌，头也没抬起来。石文急忙扶起询问。李先生的眼睛红肿，原来昨天晚上，老爷子在医院病故了。在病故之前，老爷子曾对儿子交代过：对大家这些年来对自己的照顾非常感谢，给各位带了不少的麻烦，要儿子见到年纪大的邻居叩个头，年纪轻的鞠一躬，以此来表示自己对大家的感激。

这时石文用眼睛偷偷一扫，果然在李先生裤子的膝盖处有两块灰迹，想必是给年长的邻居叩头时沾上的。

送走了李先生夫妻，石文感慨地对妻子说道："轻点关门只是举手之劳，居然换来了别人如此大的感激，真是想不到也担不起啊！"

不放弃任何一次机会，哪怕只有万分之一的可能性

　　有一句俗谚："通往失败的路上，处处是错失了的机会。坐等幸运从前门进来的人，往往忽略了从后窗进入的机会。"机会与我们的成败休戚相关，对于时机的把握，完全可以决定一个人是否能够有所建树。不要放弃任何一次机会，哪怕这个机会只有万分之一的可能性。

有一次，甘布士要乘火车去纽约，但事先没有订好车票，这时恰值圣诞前夕，到纽约去度假的人很多，因此火车票很难购到。

甘布士打电话去火车站询问：是否还可以买到这一次的车票？车站的答复是：全部车票都已售光。不过，假如不怕麻烦的话，可以带着行李到车站碰碰运气，看是否有人临时退票。

车站反复强调了一句，这种机会或许只有万分之一。

甘布士欣然提了行李，赶到车站去，就如同已经买到了车票一样。

夫人关怀备至地问道："要是你到了车站买不到车票怎么办呢？"

他不以为然地答道："那没有关系，我就好比拿着行李去散了一趟步。"

甘布士到了车站，等了许久，退票的人仍然没有出现，乘客们都川流不息地向月台涌去了。但甘布士没有像别人那样急于回走，而是耐心地等待着。

大约距开车时间还有 5 分钟的时候，一个女人匆忙地赶来退票，因为她的女儿病得很严重，她被迫改坐以后的车次。

甘布士买下那张车票，搭上了去纽约的火车。

到了纽约，他在酒店里洗过澡，躺在床上给他太太打了一个长途电话。

在电话里，他轻松地说："亲爱的，我抓住那只有万分之一的机会了，因为我相信一个不怕吃亏的笨蛋才是真正的聪明人。"

后来，甘布士成了全美举足轻重的商业巨子。

他在一封给青年人的公开信中诚恳地说道：

"亲爱的朋友，我认为你们应该重视那万分之一的机会，因为它将给你带来意想不到的成功。有人说，这种做法是傻子行为，比买奖券的希望还渺茫。这种观点是有失偏颇的，因为开奖券是由别人主持，丝毫不由你主观努力；但这种万分之一的机会，却完全是靠你自己的主观努力去完成。"

❧只要敢于尝试，就会赢得更多的成功机会❧

1973 年，肯尼迪高中毕业，他想找份工作，并打算从"专业销售"开始。他梦想拥有公司配的又新又好的汽车，一份薪水，外加佣金和奖金，每天西装革履地上班，还有好的出差机会。

肯尼迪偶然发现了一则招聘广告：一家出版公司的全国销售经理要在本城待两天，只为招聘一位负责 5 个州内各书店、百货公司和零售商的业务代表。肯尼迪梦想在将来成为作家或出版家，所以"出版"二字对他来说是有吸引力的。广告又说，起初月薪 1600 美元到 2000 美元，外加佣金、奖金、公务费和公司配车。这正是他梦寐以求的工作。

不幸的是，肯尼迪不是他们的理想人选。他去面试时，那位

敢于尝试，常常会带给我们更多的机会，而这些机会正是我们所需要的。莎士比亚说："本来无望的事，只要敢于去尝试，往往就会取得成功。"我们每个人都应该将这句话牢记心中。

全国业务经理很客气地向他解释，他不是他们要找的人。第一，肯尼迪太年轻；第二，他没有工作经验；第三，他没念过大学。这份工作显然是为年龄在 35 ~ 40 岁之间、大学毕业，并具有相当丰富经验的人准备的，刚出校园的毛头小伙子显然不适合。该公司已有几位应聘者待定。肯尼迪竭力毛遂自荐，但招聘者态度坚决——他就是不够格。

这时，肯尼迪亮出了绝招。他说："瞧，你们这个地区缺商务代表已达 6 个月了，再缺 3 个月也不至于要命吧。看看我的主意：让我做 3 个月，公司只负担公务费，我不要工资，还开我自己的车。如果我向你证明胜任这份工作，你再以半薪雇我 3 个月，不过我要全额佣金和奖金，还得给我配车。如果这 3 个月我仍胜任这份工作，你就用正常条件录用我。"

这样，肯尼迪被录用了。在很短的时间里，他重组了销售流程，创下 3 项记录：短期内在困难重重的地区扭转乾坤；3 个月内，让更多新客户的产品摆满他们的整个摊位；争取到新的非书店连锁的大公司等。

3 个月以后，肯尼迪有了公司配车、全额工资、全额佣金和奖金。

当机会出现时，要敢于冒险

　　有一次，皮柏的母亲从伦敦来到纽约，皮柏就带母亲去欧洲观光。皮柏在邓肯商行干了一段时间。在母亲搭船去伦敦之际，他去古巴的哈瓦那采购了鱼、虾、贝类及砂糖等货物。在返回的途中，他小试了自己的冒险精神。

　　当时，轮船停泊在新奥尔良，他信步走过充满巴黎浪漫气息的法国街，来到了嘈杂的码头。码头上，晌午的太阳烤得正热。远处两艘从密西西比河下来的轮船停泊着，黑人正在忙碌着上货、卸货。

　　一位陌生白人拍了拍他的肩膀，问道："小伙子，想买咖啡吗？"那人自我介绍说，他是往来于美国和巴西的货船船长，受托到巴西的咖啡商那里运来一船咖啡。没想到美国的买主已经破产，只好自己推销。如果谁给现金，他可以以半价出售。这位船长大约看皮柏穿着考究，像个有钱人，就拉他到酒馆谈生意。

　　皮柏考虑了一会儿，就打定主意买下这些咖啡。于是他带着咖啡样品，到新奥尔良所有与邓肯商行有联系的客户那儿推销。经验丰富的职员要他谨慎行事，价钱虽然让人心动，但舱内的咖啡是否同样品一样，谁也说不准，何况以前还发生过船员欺骗买主的事。但皮柏已下了决心，他以邓肯商行的名义买下全船咖啡，并发电报给纽约的邓肯商行，说已买到一船廉价咖啡。

然而，邓肯商行回电严加指责，不许皮柏擅自用公司名义，让他立即取消这笔交易！皮柏只好发电报给伦敦的父亲求援。在父亲的默许下，皮柏用父亲在伦敦的户头偿还了原来挪用邓肯商行的金额。他还在那名船长的介绍下，买了其他船上的咖啡。

皮柏赢了。就在他买下大批咖啡不久，巴西咖啡因受寒而减产，价格一下子猛涨了 2 ~ 3 倍。皮柏大赚了一笔，不但邓肯对他赞不绝口，连他远在伦敦的父亲也连夸儿子说："有出息，有出息！"

皮柏的全名是约翰·皮尔庞特·摩根，也就是后来的美国金融界巨擘。

继续走完下一里路，就可以创造奇迹

西华·莱德先生是个著名的作家兼战地记者，他曾在 1957 年 4 月的《读者文摘》上撰文表示，他所收到的最好忠告是"继续走完下一里路"，下面是其文章中的一部分：

"第二次世界大战期间，我跟几个人不得不从一架破损的运输机上跳伞逃生，结果迫降在缅印交界处的树林里。当时唯一能做的，就是拖着沉重的步伐往印度走。全程长达 140 英里，必须在八月的酷热和季风所带来的暴雨侵袭下，翻山越岭长途跋涉。

"才走了一个小时，我一只长筒靴的鞋钉扎了另一只脚，傍晚时双脚都起泡出血，范围像硬币那般大小。我能一瘸一拐地走完 140 英里吗？别人的情况也差不多，甚至更糟糕。他们能不能走呢？我们以为完蛋了，但是又不能不走。为了在晚上找个地方休息，我们别无选择，只好硬着头皮走完下一英里路……

"当我推掉其他工作，开始写一本 25 万字的书时，心一直定不下，我差点放弃一直引以为荣的教授尊严，也就是说几乎不想干了。最后我强迫自己只去想下一个段落怎么写，而非下一页，当然更不是下一章。整整 6 个月的时间，除了一段一段不停地写以外，什么事情也没做，结果居然写成了。

"几年以前，我接了一件每天写一个广播剧本的差事，到目前为止一共写了 2000 个。如果当时签一张"写作 2000 个剧本"合同，一定会被这个庞大的数目吓倒，甚至把它推掉，好在只是写一个剧本，接着又写一个，就这样日积月累真的写出这么多了。"

第十章

可以错，但不要错过

输掉了比赛并不重要，重要的是要赢得人生

有一座山，高耸入云，飞鸟难越，没有人知道它有多高。山前山后有两条路可供攀登，前山大路石级铺就，笔直坦荡；后山小路，荆棘丛生，蜿蜒曲折。

一天，有父子三人来到山脚下。父亲举手遮阳，眺望峰顶，声如洪钟："你俩比赛爬上这山。上山有两条路，大路平而近，小路险而远。选择哪条路，你们自己定夺。"

哥俩思忖再三，各自凭着自己的选择，踏上征程。

时间过去了两个月，一个西装革履的身影出现在峰顶，哥哥走来了。他面色潮红，略显发福，头发油光可鉴。他骄傲地掸了一下笔挺的襟袖，走向充满期待的父亲，说："我赢了，我赢了！这一路真是春风得意。在坦荡的大路上我只需向前，向前！舒缓的坡度让我走得从容，平整的石阶使我心旷神怡。这里没有岔道让我伤神，没有突出的山石绊脚。我的心灵没有欺骗我，是英明的选择助我胜利。实践证明，在平坦和崎岖间，只有傻瓜才会放弃平坦，选择崎岖。聪明的选择使我有了多么得意的旅程啊。我获得了胜利，我理当获得胜利！"

父亲慈祥地看着他："你的确聪明，一路走得也十分风光，我的好儿子……"

这之后不知过了不久，又一个身影出现了。他步伐稳健，全身充满着生命的活力。尽管他瘦削，衣衫褴褛，但双目炯炯有神，透着聪慧与睿智。

弟弟微笑着走向父亲和哥哥，从容地讲起路上的故事："哦，这是多么有意义的一次旅程！感谢您，父亲，感谢您给我选择的机会。一路上陡峭的山崖阻挡着我攀爬的脚步，丛生荆棘刺破了我裸露的臂膊，疲惫的身心增添着孤独的酸楚。但我坚持住了，终于我学会了灵活与选择，学会了机敏与自护，学会了独立与坚忍。路边美丽景色，使我放慢脚步享受自然的馈赠。在山脚下，我看见山花烂漫，彩蝶翩

翩，于是我与山花同歌，伴彩蝶共舞。在山腰，我看见绿草如茵，华木如盖，清澈的小溪静静流淌在林间，朝圣的百鸟尽情放歌于林梢。我拥抱自然的和弦，追逐欢快的节奏。这些往往是我最快乐的时光。可更多的时候是阴冷浓雾的环抱，荆榛丛棘的阻隔。放眼望去，黄叶连天，衰草满路，但我在黄叶林中看到丰硕的果实，从衰草丛里悟出新生的希望。我感觉自己在成熟，一点一点地成熟。再往上，是没有一点生机的寒风和石砾，我曾想放弃，但曾经的艰辛温暖着我，启迪着我，给我力量，给我信心，使我忘掉比艰险更艰险的死寂，抛掉比痛苦更痛苦的迷茫！我最终到达了这里！一路上，我阅尽山间春色，也饱尝征途冷暖，为此，我感谢您，父亲，感谢您给我选择的权利，我从自己心灵的选择中懂得了很多很多……"

哥哥眼中露出不解，但旋即消失，他不无轻蔑地说："可是你输了！"

"是的，"父亲遗憾地说，"孩子，你输掉了比赛……"

弟弟极目远方，脸上露出平和的微笑："但，我赢得了人生！"

事实正如弟弟说的那样。

多年以后，哥哥平平庸庸，而弟弟则事业有成。

在每个人的人生中，都会面临许多比赛。很多时候，比赛的结果并不重要，重要的是比赛的过程。在此过程中，才能学到本领，才能悟出一些道理。输掉了比赛并不重要，重要的是要赢得人生。

生命中有很多事，需要慢慢去等

一对情侣在咖啡馆里发生了口角，互不相让。然后，男孩愤然离去，只留下他的女友独自垂泪。

心烦意乱的女孩搅动着面前的那杯清凉的柠檬茶，泄愤似的用匙子捣着杯中未去皮的新鲜柠檬片，柠檬片已被她捣得不成样子，杯中的茶也泛起了一股柠檬皮的苦味。

女孩叫来侍者，要求换一杯剥掉皮的柠檬泡成的茶。

侍者看了一眼女孩，没有说话，拿走那杯已被她搅得很混浊的茶，又端来一杯冰冻柠檬茶，只是，茶里的柠檬还是带皮的。原本就心情不好的女孩更加恼火了，她又叫来侍者。

"我说过，茶里的柠檬要剥皮，你没听清吗？"她斥责着侍者。

侍者看着她，他的眼睛清澈明亮。"小姐，请不要着急。"他说道，"你知道吗，柠檬皮经过充分浸泡之后，它的苦味溶解于茶水之中，将是一种清爽甘甜的味道，正是现在的你所需要的。所以请不要急躁，不要想在3分钟之内就把柠檬的香味全部挤压出来，那样只会把茶搅得很混，把事情弄得一团糟。"

女孩愣了一下，心里有一种被触动的感觉，她望着侍者的眼睛，问道："那么，要多长时间才能把柠檬的香味发挥到极致呢？"

侍者笑了："12个小时。12个小时之后柠檬就会把生命的精华全部释放出来，你就可以得到一杯美味到极致的柠檬茶，但你要付出12个小时的忍耐和等待。"

侍者顿了顿，又说道："其实不只是泡茶，生命中的任何烦恼，只要你肯付出12个小时忍耐和等待，就会发现，事情并不像你想象得那么糟糕。"

女孩看着他："你是在暗示我什么吗？"

侍者微笑："我只是在教你怎样泡柠檬茶，随便和你讨论一下用泡茶的方法是不是也可以炮制出美味的人生。"侍者鞠躬，离去。

女孩面对一杯柠檬茶静静沉思。女孩回到家后自己动手泡了一杯柠檬茶，她把柠檬切成又圆又薄的小片，放进茶里。

女孩静静地看着杯中的柠檬片，她看到它们在呼吸，它们的每一个细胞都张开来，有晶莹细密的水珠凝结着。她被感动了，她感到了柠檬的生命和灵魂慢慢升华，缓缓释放。12 个小时以后，她品尝到了她有生以来从未喝过的最绝妙、最美味的柠檬茶。女孩明白了，这是因为柠檬的灵魂完全深入其中，才会有如此完美的滋味。

门铃响起，女孩开门，看见男孩站在门外，怀里的一大捧玫瑰娇艳欲滴。"可以原谅我吗？"他讷讷地问。女孩笑了，她拉他进来，在他面前放了一杯柠檬茶。"让我们约定，"女孩说道，"以后，不管遇到多少烦恼，我们都不许发脾气，定下心来想想这杯柠檬茶。""为什么要想柠檬茶？"男孩困惑不解。"因为，我们需要耐心等待 12 个小时。"

后来，女孩将柠檬茶的秘诀运用到她生活中的各个层面，她的生命因此而快乐、生动和美丽。女孩恬静地品尝着柠檬茶的美妙滋味，品尝着生命的美妙滋味。

生命中有些事是不能等的，但有些事却需要慢慢去等。学会慢慢去等，你才能把有些事化解，你才能把有些情感释怀，你才能慢慢品味人生。

只有好好地把握住今天，才能创造美好的明天

　　有句话说得好："昨天属于死神，明天属于上帝，唯有今天属于我们。"只有好好地把握住今天，我们才能充分拥有和利用好每一个今天，才能挣脱昨天的痛苦和失败，才能创造美好的明天。

在美国华尔街的股票市场交易所，依文斯工业公司是一家保持了长久生命力的公司，可公司的创始人爱德华·依文斯却因为绝望而差点死去。

依文斯生长在一个贫苦的家庭里，起先靠卖报赚钱，然后在一家杂货店当店员。

8年之后，他才鼓起勇气开始自己的事业。然后，厄运降临了——他替一个朋友背负了一张面额很大的支票，而那个朋友破产了。祸不单行。不久，那家存着他全部财产的大银行垮了，他不但损失了所有的钱，还负债近2万美元。

他经受不住这样的打击，他绝望极了，并开始生起奇怪的病来：有一天，他走在路上的时候，昏倒在路边，以后就再也不能走路了。最后医生告诉他，他只有两个星期好活了。

想着只有十几天好活了，他突然感觉到了生命是那么宝贵。于是，他放松了下来，好好把握着自己的每一天。

奇迹出现了。两个星期后依文斯并没有死，6个星期以后，他又能回去工作了。经过这场生死的考验，他明白了患得患失是无济于事的，对一个人来说最重要的就是要把握住现在。他以前一年曾赚过2万美元，可是现在能找到一个礼拜30美元的工作，就已经很高兴了。正是有这种心态，依文斯的进展非常快。

不到几年，他已是依文斯工业公司的董事长了。正是因为学会了只"活在当下"的道理，依文斯取得了人生的胜利。

经历的坎坷和磨难，是人生的一笔财富

许多年前，有一个名叫海菲的人，他恳求老板改变自己地位低下的生活，因为他爱上了一位美丽的姑娘，而姑娘的父亲却富有而势利。

想不到他的恳求获得了老板——大名鼎鼎的皮货商人柏萨罗的恩准。柏萨罗派他到伯利恒小镇去卖一件袍子，他却因为怜悯，把袍子送给客栈附近一个需要取暖的新生儿。

海菲满是羞愧地回到皮货商那里，但有一颗明星却一直在他头顶上方闪烁。柏萨罗将这解释为上帝的启示，给了海菲 10 道羊皮卷，那里面记载着震撼古今的商业大秘密，有实现海菲所有抱负所必需的智慧。海菲怀揣着这 10 道羊皮卷，带着老板给他的一笔本金，走向远方，开始了他独立谋生的推销生涯。

若干年后，海菲成了一名富有的商人，并娶回了自己心爱的姑娘。他的成就在继续扩大，不久，一个浩大的商业王国在古阿拉伯半岛崛起……

熟悉以上这段文字的人都明白，这是一部奇书的故事梗概，它的名字叫《世界上最伟大的推销员》。作者奥格·曼狄诺，出生于美国东部的一个平民家庭。28 岁以前，他大学毕业，有了一份稳定的工作，并娶了妻子。但是后来，由于自己的愚昧无知和盲目冲动，他犯了一系列不可饶恕的错误，最终失去了自己一切宝贵的东西——家庭、房子和工作，几乎一贫如洗。于是，他开始到处流浪，寻找赖以度日的种种方法。

两年后，曼狄诺认识了一位受人尊敬的牧师，解答了他提出的许多困扰人生的问题。临走的时候，牧师送给他一部圣经，此外，还有一份书单，上面列着 11 本书的书名。它们是《最伟大的力量》《钻石宝地》《思考的人》《向你挑战》《本杰明·富兰克林自传》《获取成功的精神因素》《思考致富》《从失败到成功的销售经验》《神奇的情感力量》《爱的能力》和《信仰的力量》。

从这一天开始，奥格·曼狄诺就依照牧师列出的书单，把 11 本书一一找来，细细地阅读。渐渐地，笼罩在心头那一片浓重的阴云退去了，似有一抹阳光照射进来，他激动万分，终于看到了希望。

曼狄诺一旦意识到自己的潜力，便焕发出前所未有的热情和勇气。他遵循书中智者的教诲，像一位整装待发的水手，瞄准了目标，越过汹涌的大海，抵达梦中的彼岸。

此后，曼狄诺当过卖报人、公司推销员、业务经理……在这条他所选择的道路上，充满了机遇，也饱含着辛酸，但他已不可战胜，因为，他掌握了人生的准则。当遇到困难，甚至失败时，他都用书中的语言激励自己：坚持不懈，直至成功！终于，在 35 岁生日那一天，他创办了自己的企业——《成功无止境》杂志社，从此步入了富足、健康、快乐的乐园。

奥格·曼狄诺的成功为他带来了巨大的荣誉，使他成为美国家喻户晓的商界英雄。

曼狄诺没有就此止步，开始著书立说。1968 年，他写出了《世界上最伟大的推销员》一书。该书一经问世，即以多种语言在世界各地出版，不仅推销员，社会各个阶层人士都被这部充满魅力的作品深深吸引，争相阅读。

不平凡的经历是成功的一笔财富，如果曼狄诺没有早年的坎坷，就不会有后来的成就。

一个小小的失误，很可能会造成毁灭性的后果

1995 年 2 月 17 日，世界各地的新闻媒体都以最醒目的标题报道了一个相同的事件：巴林银行破产了。全世界都为此震惊了。在全球金融市场上，巴林银行有着举足轻重的地位。它有 233 年历史，在全球范围内掌管着 270 多亿英镑的业务。它曾创造了无数令人瞠目的业绩，在世界证券史上占有着极为特殊的地位。然而，创造了无数辉煌的巴林银行，却毁在了一个期货与期权结算方面的专家里森的手上。而这一切的诱因，竟然是一个小小的错误账户。

在期货交易中，失误是在所难免的。如果错误无法挽回，唯一可

人们在工作和生活当中，经常会忽略细节，从而让失误有机可乘。管理者要是不注意管理中的一些细小错误，久而久之也会让失误有机可乘，很可能造成整个企业的分崩离析。

行的办法，就是将该项错误转入电脑中一个被称为"错误账户"的账户中，然后向银行总部报告。这在金融体系的运作过程中是一个正常现象。

当里森于1992年在新加坡担任巴林银行的期货交易员时，巴林银行就有一个账户为"99905"的错误账户，专门处理交易过程中因疏忽所造成的错误。1992年夏天，伦敦总部全面负责清算工作的哥顿·鲍塞给里森打了一个电话，要求他另设立一个错误账户，以记录较小的错误，并自行在新加坡处理，以免麻烦伦敦的工作。于是里森马上找来了负责办公室清算的利塞尔，向她咨询是否可以另立一个档案，很快，利塞尔就在电脑里键入了一些命令，问他需要什么账号。于是，对中国文化有所了解的里森以"8"这个吉列的数字设立了一个账号为"88888"的错误账户。

过了不久，伦敦总部又打来电话，要求新加坡分行仍按老规矩行事，所有的错误记录仍由"99905"账户直接向伦敦报告。这样，"88888"错误账户刚刚建立就被搁置不用了，但它却从此成为一个真正的"错误账户"存储在了电脑之中。而且总部这时已经注意到新加坡分行出现的错误很多，但里森都巧妙地搪塞过去。"88888"这个被人忽略的账户，提供了里森日后制造假账，掩饰投资失败的机会。这以后，里森为了其私利，一再动用这个错误账户，造成了银行越来越巨大的损失。

1995年1月，日本神户大地震，其后数日东京日经指数大幅度下跌。里森在这种不利形势下还大量进行交易，遭受了极为重大的损失。与往常一样，他将这些都计入了"88888"账户。随着交易形势的进一步恶化，里森最后终于招架不住，在一片震惊声中宣告了银行的破产。

事后里森说："有一群人本来可以揭穿并阻止我的把戏，但他们没有这么做。我不知道他们的疏忽与罪犯的疏忽之间界限何在，也不清楚他们是否对我负有什么责任，但如果是在任何其他一家银行，我是不会有机会开始这项犯罪的。"

正是这些由错误账户而引起的一系列失误，最终导致了巴林银行的破产。

抓住灵感的火花，把灵感进行到底

1947 年 2 月的一天，拍立得公司的总经理兰德正在替女儿照相时，女儿不耐烦地问，什么时候可以见到照片。兰德耐心地解释，冲洗照片需要一段时间，说话时他突然想到，照相技术在基本上犯了一个错误——为什么我们要等上好几个小时，甚至几天才能看到照片呢？

如果能当场把照片冲洗出来，这将是照相技术的一次革命。兰德必须掌握解决所有这些问题的方法。他以令人难以置信的速度开始工作。6 个月之内，就把基本的问题解决了。

诚如他的一名助理所说："我敢打赌，即使 100 个博士，10 年间毫不间断地工作，也没有办法重演兰德的成绩。"这话毫不夸张。

但兰德自己无法解释他所经历过的发明过程。他相信人类和其他动物的基本区别，就在人的创造能力。"你能想象吗？"他问，"一个猿猴发明一个箭头？"

有很多人说，现代人已经在科学上找到一项新工具，能够代替人发明创造。他对这种说法感到十分不耐烦。他倒是相信，发明是人类很早就有的能力，只是至今还一点都弄不清楚它究竟是怎么回事。

"我发现，"兰德说，"当我快要找到一个问题的答案时，极重要的是，专心工作一段时间。在这个时候，一种本能的反应似乎就出现了。在你的潜意识里容纳了这么多可变的因素，你不能容许被打断。如果你被打断了，你可能要花上一年的时间才能重建这60个小时打下的基础。"

直到1946年，兰德的助手还只有寥寥几位。因为连年战争的关系，这些年轻的助手都没有受过正规的科学训练，尽管他们很聪明。说来也巧，他们几乎都是史密斯学院毕业的。他的一个最得力的助手是专门研究60秒照相技术的。

她是普林斯顿一位数学教授的女儿，名叫密萝·摩丝，摩丝小姐后来成为拍立得黑白底片研究部门的主任。兰德说她有许多重要的贡献，尤其在软片方面。

60秒照相技术所用化学原料和技术等，是个商业秘密。他们在调制配方的时候，药瓶上只写代号。

60秒相机在1947年成功推出之后，兰德想尽快把它推销到市场去。难题是怎样推销。

兰德和他的助理还请来哈佛大学商业学院的市场专家，一起研讨对策，有一阵子还真想采取沿门推销的方式。但是后来，他们倒觉得用一般的销售方式就行了，他们请了一个声望很高的人来推销，他名叫何拉·布茨。

布茨一见兰德的照相机立即狂热起来。他在1948年加入拍立得公司，成为公司的副董事长之一，并且兼总经理。他不只替拍立得带来响亮的名气，而他个人在推销方面，也显示了极高的才华。

他没有利用什么推销组织就把照相机卖了出去，他花的广告费用极少，似乎连在波士顿一地做广告都不够。

布茨跟他的推销主任罗勃曼想出了一个办法。他们在每个大城市选一家百货公司，给他们30天推销兰德照相机的专卖时间，条件是百货公司要在报纸上大做广告，拍立得只是从旁协助，而且要在百货公司里大张旗鼓地推销。

1948 年 11 月 26 日，兰德照相机首次在波士顿一家大百货公司上市。大家争相抢购，以至于忙碌的店员，不小心把一些没有零件的展览品也卖了出去。这种销购势头促使拍立得大量生产。

布茨在迈阿密用了个别开生面的推销方法。他想到让那些迈阿密来度假的有钱人买照相机，因为他们来自美国各地，等他们回去的时候，无形中就成了兰德照相机的宣传员。

为了加强效果，布茨雇了一些妙龄女郎和一些救生员，在游泳池和海滩附近，使用兰德照相机照相，然后把照片送给那些吃惊的游客。几个星期之内，迈阿密商店里的兰德相机被抢购一空。

推销活动从一个城市移到另一个城市。尽管全国多数的照相机销售店冷淡地接受兰德相机，但拍立得 1949 年的销售额却高达 668 万美元，其中 500 万美元来自新相机和软片。

不要忽略我们生活中某些不经意间的想法，每一个想法都是大脑中灵感的火花，都有可能成为一个新的构想，抓住它不要放弃，你就可能会因此而成功。很多成功人士之所以能成功，正是因为他们能及时抓住很可能一闪即逝的灵感火花，并能把灵感进行到底。

当奏响人生的乐章时，就不要停止

著名的钢琴家及作曲家帕岱莱夫斯基在美国某大型音乐厅表演。那是一个值得纪念的夜晚——黑色燕尾服，正式的晚礼服，上流社会的打扮。

当晚的观众当中有一位母亲，带着一个烦躁不安的9岁的小男孩。母亲希望他在听过大师演奏之后，会对练习钢琴发生兴趣。于是，他不得已地来了。表演还未开始，小男孩等待得不耐烦了，在座位上蠕动不停。

到母亲转头跟朋友交谈时，小男孩再也按捺不住，从母亲身旁溜走，他被灯光照耀着的舞台上那演奏用的大钢琴和前面的乌木座凳吸引了。在台下的观众不注意的时候，小男孩瞪眼看着眼前黑白颜色的琴键，把颤抖的小手指放在正确的位置，开始弹奏名叫《筷子》的曲子。

观众的交谈声忽然停止，数百双表示不悦的眼睛一起看过去。被激怒、困窘的观众开始叫嚷："把那男孩子弄走！""谁把他带进来的？他母亲在哪里？""制止他！"

钢琴大师在后台听见台前的声音，立即知道发生了什么事。他赶忙抓起外衣，跑到台前，一言不发地站到男孩身后，伸出双手，即兴地弹出配合《筷子》的一些和谐音符。

两个人同时弹奏时，大师在男孩耳边低声说："继续弹，不要停止。继续弹……不要停止……不要停止。"

台下终于爆发出一阵热烈的掌声。

✽不放过一些偶然现象，才能有重大发现✽

1820 年，哥本哈根的奥斯特偶然发现，通过电流的导线周围的磁针，会受到力的作用而偏转。这一发现说明电流会产生磁场，从此，电和磁就结合起来了。

为了研究胰脏的消化功能，明可夫斯基给狗做了胰切除术。这只狗的尿引来了许多苍蝇，对狗尿进行分析后，明可夫斯基发现其中有糖，于是领悟到胰脏和糖尿病有密切关系。

20 世纪初，美国墨西哥湾的海面上忽然出现一种稀奇的现象：海水上漂着一层油花，在太阳光下闪闪发光。原来在海底下储藏着丰富的石油。不久，墨西哥湾就建立起世界上第一口海底油井，开了海底采油的先例。

1895 年，伦琴偶然在阴极射线放电管附近放了一包密封在黑纸里的、未曾显影的照相底片，当他把底片显影时，发觉它已走光了。如果是一个漫不经心的人，就会说："这次走光了，下次放远一些就得了！"可是伦琴却采取了认真的态度，没有放过这一线索。他认为，这一定有某种射线在起作用，并给它取了一个名字叫 X 射线。这个怪名称表示他对这种射线还很不了解。不过他指出，X 射线是从管中有黄绿色磷光的一端产生出来的。

根据这点，彭加勒猜想：所有发强烈磷光的物体都能发射 X 射线。1896 年，法国贝克勒想起了彭加勒的假设，便拿来一种能在太阳光下发磷光的物质硫酸钾铀，把它和底片一起放在暗箱里。几天以后，他发觉完全不见光的硫酸钾铀也会作用于底片。然而，这种物质在暗箱里是不会发磷光的，可见彭加勒的假设是错误的，X 射线与磷光毫无关系。

后来又经过多次试验，才得到正确结论：X 射线原来是硫酸钾铀中的一种元素铀放射出来的。

其后，居里夫妇又从含铀的沥青矿残余物中提炼出放射性很强的镭。这一段历史的确离奇：没有彭加勒的错误猜想，贝克勒就不会想到发磷光的物质；发磷光的物质很多，如果不是碰巧选中含磷铀的硫酸钾铀，那么原子能的发现也许还要推后好些年。

1942 年英德空战激烈，为了观察入侵的敌机，英国普遍建立了雷达观察站。但雷达信号常被一些莫明其妙的电噪声所干扰，特别是早晨更加厉害。

此外，美国工程师卡尔·詹斯基在检查越过大西洋电话通信的静电干扰时，也注意到有一种特殊的弱噪声。这些发现引导人们去研究它们的起源，结果得知干扰雷达信号的电噪声来自太阳，并且还发现，不仅太阳能够发射宽频带的电磁波，而且星云间也能发射，例如产生上述弱噪声的，就是距离地球两万六千光年的银河系中心。这方面的进一步研究奠定了今天的射电天文学的基础。

青霉素的发现也是一个有趣的故事。

英国圣玛利学院的细菌学讲师弗莱明，早就希望发明一种有效的杀菌药物。1928 年，当他正研究毒性很大的葡萄球菌时，忽然发现原来生长得很好的葡萄球菌全都消失了。是什么原因呢？

经过仔细观察后发现，原来有些霉菌掉到那里去了。显然消灭这些葡萄球菌的，不是别的，正是青霉菌。这一偶然事件，导致药物青霉素以及一系列其他抗生素的发明。

有些事错过了一时，往往就会错过一生

　　有个男孩，在学校的新生联欢会上认识了一个女孩。女孩笑如春花，聪明活泼，男孩对她几乎是一见钟情，却没有表露。因为男孩刚经过高中阶段循规蹈矩式的教育，对男女感情小心翼翼，他想：再等等吧，等一切成熟些，再向她说。

　　一年多后的一个夜晚，男孩终于鼓足勇气约女孩出来，向她表达了心中的爱意。没想到，平时伶俐的女孩结结巴巴地说："我……我想我不能接受……你的好意，一个星期以前……我已经……接受了另一个……男孩……我真的……不知道你……会喜欢我……"女孩说完就跑掉了，没有让男孩看到她湿润的眼睛。

　　后来，有人看到男孩同学校的"校花"经常出双入对，大家

　　如果你想念一个人，就要及早地告诉她；如果你喜欢一个人，也要及早地告诉她；如果你选择错了，就要及早地改正……在我们的生命中，有很多事、很多人需要我们好好珍惜、好好把握。要知道，有些事错过了一时，往往就会错过一生。

都以为他看中了"校花"的美貌，谁也没有注意，"校花"有着和女孩一样的春花般的笑容，非常相似，所以谁都没有发现男孩的苦心。但是没过多久，男孩与"校花"的爱情就以分手告吹。

大学生活很快就结束了。毕业后，女孩披上了嫁衣成了别人的新娘，而男孩再也没有恋爱过。因为他清楚，只有这个女孩才是他今生唯一的至爱。

男孩从朋友那里辗转打听到女孩的生日和地址，每到女孩生日时，他就会叫人送去9朵郁金香（他不知道女孩最喜欢什么花，他自己最喜欢郁金香）。男孩知道女孩已为人妇，所以他从来不在卡片里留下姓名和联系电话，他不想因为自己的感情而影响女孩的生活。

几年时间转眼就过去了，男孩依然是形单影只，依然记得每年送花给女孩。就在女孩生日的前两天，男孩参加了一个同学聚会，他听说女孩在这几年里经历了两次离婚，如今也是独身，心里又是心疼又是高兴。他为女孩遭遇了感情的不幸而心疼，又为自己再次有了机会而高兴……

终于等到了女孩的生日！男孩兴奋得难以言状！他想这次一定要亲自把花送去，再向她表白。为此，他几乎逛遍了所有的花店，最后挑选了最美的花朵——郁金香。

当小姐把花包好的刹那，男孩在卡片里写下几个字：你知道我在爱你吗？男孩英俊的脸上满是笑意与渴望，径直向街心走去……

就在那时，一辆逆行货车撞倒了他……

女孩在收到郁金香的同时也收到了男孩的死讯。

女孩明白了一切，她把自己锁在房间里哭了整整一夜。她回想起多年前的那个夜晚，男孩对她的表白，她一直不知道，这近十年来男孩是如此执着而痴迷地爱着她！想到这里，她就哭得更伤心，奔泻的泪水将郁金香浸染得无限凄美。女孩知道，她失去了今生难遇难求的至爱。

然而，长眠的男孩肯定也不知道，女孩最喜欢的花，正是郁金香……

✦ 细心观察身边发生的事情，就会有很多惊奇的发现 ✦

　　一天，一位埃及法老设宴招待邻邦的君主。法老准备了极丰盛的饭菜，在御膳房里，上百名厨师正在炊烟中忙着做各种复杂的饭菜。

　　忽然，一个厨师不慎将一盆油打翻在炭灰里，他急忙用手将沾有炭灰的油脂捧到厨房外面倒掉。等他回来用水洗手时，意外地发现手洗得特别干净。厨师非常奇怪，因为平时厨师们洗手时，为了去掉油污，都先用细沙搓一遍，然后再用清水洗。而这次他没有用沙子，就将油污洗得很干净。于是，他请别的厨师也来试一试。结果，每个人的手都洗得同样干净。从此以后，王宫的厨师们就把沾有油脂的炭灰当作洗手的东西了。

　　后来，这件事情让法老知道了，他就吩咐仆人按照厨师们的方法把掺有油脂的炭灰制成一块一块的。这就是人类历史上最早的肥皂。

　　下面我们再来认识三位细心的人。

　　伟大的物理学家艾萨克·牛顿坐在苹果园的椅子上，突然，一只苹果从树上掉了下来。他开始思索，想知道苹果为什么会掉下来。终于他发现了地球、太阳、月亮和星星是如何保持相对位置的规律。

　　一个名叫詹姆斯·瓦特的小男孩静静地坐在火炉边，观察着上下跳动的茶壶盖，他想知道为什么沉重的壶盖可以跳动，他从那时起就一直思考着这个问题。长大之后，他发明了蒸汽式发动机。

　　一个叫伽利略的人在意大利的大教堂内，对往复摆动的吊灯产生了浓厚的兴趣。后来，他从中得到了启发，终于发明了摆钟。

第十一章

低调处世，做人拒绝张扬

打人莫打脸，骂人莫揭短

明太祖朱元璋出身寒微，做了皇帝后自然少不了有昔日的穷哥们儿到京城找他。这些人满以为朱元璋会念在老朋友的情分上给他们封个一官半职，谁知朱元璋最忌讳别人揭他的老底，以为那样有损自己的威信，因此对来访者大都拒而不见。

朱元璋儿时的一位好友，千里迢迢从老家凤阳赶到南京，几经周折才进了皇宫。一见面，这位老兄便当着文武百官大叫大嚷起来："朱老四，你当了皇帝可真威风呀！还认得我吗？当年咱俩一块儿光着屁股玩耍，你干了坏事总是让我替你挨打。记得有一次咱俩一块儿偷豆子吃，背着大人用破瓦罐煮。豆子还没煮熟你就先抢起来，结果把瓦罐打烂了，豆子撒了一地。你吃得太急，豆子卡在喉咙里还是我帮你弄出来的。你忘了吗？"

这位老兄还在喋喋不休唠叨个没完，朱元璋却再也坐不住了，心想："此人太不知趣，居然当着文武百官的面揭我的短处，让我这个当皇帝的脸往哪儿搁？"盛怒之下，朱元璋下令把这个穷哥们儿杀了。

"为尊者讳"，这是古代官场的一条规矩。一个人，无论他原来的出身多么低贱，有过多么不光彩的经历，一旦当上了大官，

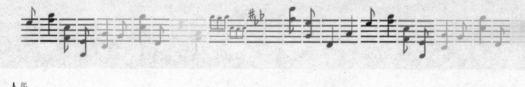

爬上了高位，他身上便罩上了灵光，变得神圣起来。往昔那见不得人的一切，要么一笔勾销，永不许再提；要么重新改造、重新解释，赋予新的含义。这位穷哥们儿哪懂得这一点，自以为与朱元璋有旧交，居然当众揭了皇帝的老底，触犯了"逆鳞"，岂不是自找倒霉吗？

朱元璋原本是泥腿子出身，早年当过和尚，后来又参加过推翻元朝统治的红巾军起义。这些经历在朱元璋看来都是卑微的。朱元璋因当过和尚，对"光""秃"一类的字眼十分忌讳；因红巾军被统治者说成是"贼""寇"之类的组织，朱元璋便对这些字眼也极为反感。最具有代表性的例子是，杭州徐一在《贺表》里写了"光天之下，天生圣人，为世作则"几个字，朱元璋读了勃然大怒，说："生者僧也，骂我当过和尚。光是削发，说我是秃子。则者近贼，骂我做过贼。"于是，立即下令把徐一处死。洪武年间，大兴文字狱，唯一幸免的文人是翰林院编修张某。他在作贺表文里有"天下有道""万寿无疆"两句话，朱元璋看了发怒说："这老儿竟骂我是强盗呢！"差人把他逮来当面审讯。张某说："天下有道是孔子说的，万寿无疆出自诗经，说臣诽谤不过如此。"朱元璋被顶住了，无话可说，想了半天才说："这老儿还这般嘴硬，放掉罢。"左右侍臣私下议论："几年来才见饶了这一个人。"

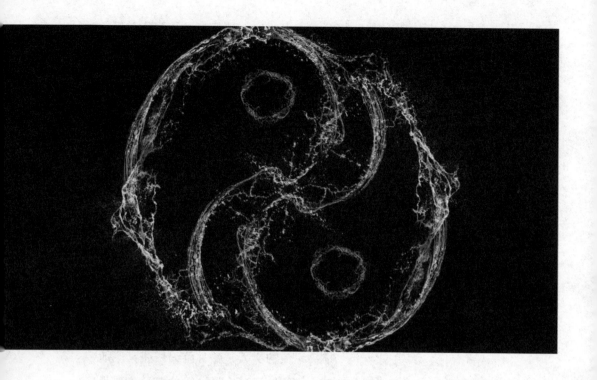

小聪明可得一时之快，大智慧方可一世欢畅

战国时楚王的宠臣安陵君，能说会道，很受楚王器重。但他并不遇事张口就说，而是很讲究说话的时机。他有一位朋友名叫江乙，对他说："您没有一寸土地，又没有至亲骨肉，然而身居高位，享受优厚的俸禄，国人见了您，无不整衣跪拜，无不接受您的号令，为您效劳，这是为什么呢？"

安陵君说："这是大王太抬举我了，不然哪能这样！"

江乙便不无忧虑地指出："用钱财相交的人，钱财一旦用尽，交情也就断了；靠美色相交的人，色衰则情移。因此，狐媚的女子不等卧席磨破，就遭遗弃；得宠的臣子不等车子坐坏，已被驱逐。如今您掌握楚国大权，却没有办法和大王深交，我暗自替您着急，觉得您的处境太危险了。"

安陵君一听，恍然大悟，毕恭毕敬地拜问江乙："既然这样，请先生指点迷津。"

江乙说:"希望您一定要找个机会对大王说:'愿随大王一起死,以身为大王殉葬。'如果您这样说了,必能长久地保住权位。"

安陵君说:"谨依先生之言。"

但是,过了很长时间,安陵君依然没有对楚王提起这话。江乙又去见安陵君,说:"我对您说的那些话,您为何至今不对楚王说?既然您不用我的计谋,我就再不管了。"

安陵君答道:"我怎敢忘却先生的教诲,只是一时还没有合适的机会。"

又过了些时日,机会终于来了。楚王到云梦打猎,一箭射死了一头狂怒奔来的野牛。百官和护卫欢声雷动,齐声称赞。楚王也高兴得仰天大笑,说:"痛快啊!今天的游猎,寡人何等快活!待寡人万岁千秋之后,你们谁能和我共有今天的快乐呢?"

此时,安陵君抓住机会,泪流满面地走上前来,说:"臣进宫就与大王同共一席,出宫与大王同乘一车,如果大王万岁千秋之后,我愿随大王奔赴黄泉,变作芦草为大王阻挡蝼蚁,那便是臣最大的荣幸。"

楚王闻言,大受感动,对他更加宠信了。

做人要有高瞻远瞩的长远眼光,不要因为眼前的一时之宠就得意忘形,也不要为了时下的一点失利就一蹶不振。小聪明是翻不起大浪花的,大智慧才可保你一世成功。

❧ 不要为了讨好别人而改变自己 ❧

　　一个人，即使驾着的是一只脆弱的小舟，但只要舵掌握在他的手中，他就不会任凭波涛的摆布，而有自己选择方向的主见。

20 世纪 80 年代，有位名叫安德森的模特公司经纪人，看中了一位身穿廉价服装、不拘小节、不施脂粉的大一女生。

这位女生来自美国伊利诺伊州一个蓝领家庭，唇边长了一颗触目惊心的大黑痣。她从没看过时装杂志，没化过妆，要与她谈论时尚等话题，好比是对牛弹琴。

每年夏天，她就跟随朋友一起，在德卡柏的玉米地里剥玉米穗，以赚取来年的学费。安德森偏偏要将这位还带着田野玉米气息的女生介绍给经纪公司，结果遭到一次次的拒绝。有的说她粗野，有的说她恶煞，理由纷纭杂沓，归根结底是那颗唇边的大黑痣。安德森却下了决心，要把女生及黑痣捆绑着推销出去。他给女生做了一张合成照片，小心翼翼地把大黑痣隐藏在阴影里，然后拿着这张照片给客户看，客户果然满意，马上要见真人。真人一来，客户就发现"货不对版"，当即指着女生的黑痣说："你给我把这颗痣拿下来。"

激光除痣其实很简单，无痛且省时，女生却说："对不起，我就是不拿。"安德森有种奇怪的预感，他坚定不移地对女生说："你千万不要摘下这颗痣，将来你出名了，全世界就靠着这颗痣来识别你。"

果然这女生几年后红极一时，日入 2 万美元，成为天后级人物，她就是名模辛迪·克劳馥。她的长相被誉为"超凡入圣"，她的嘴唇被称作芳唇，芳唇边赫然入目的是那颗今天被视为性感象征的桀骜不驯的大黑痣。正如安德森所说，痣，成了她的标志。人们将她与玛丽莲·梦露相提并论。痣，不再是她的瑕疵；痣，正是辛迪的个性所在。她成为少男少女心中的偶像，她是少女们描绘未来的楷模。

有一天，媒体竟然盛赞辛迪有前瞻性眼光。辛迪回顾从前，一次次倒抽凉气，成名路上多艰辛，幸好遇上"保痣人士"安德森。如果她摘了那颗痣，就是一个通俗的美人，顶多拍几次廉价的广告，就会淹没在繁花似锦的美女阵营里面。暑期到来，可能还要站在玉米地里继续剥玉米穗，与虫子、蜗牛为伍，以赚取来年的学费。

做事讲谋略，打蛇打七寸

汉代的朱博本是武将出身，后来调任地方做文官。他利用一些巧妙的手段，制服了地方上的恶势力，被人们传为美谈。在长陵一带，有个大户人家出身的人名叫尚方禁。他年轻时曾强奸别人的妻子，被人用刀砍伤了面颊。如此恶棍，本应重重惩治，只因他大大地贿赂了官府的功曹，不但没有被革职查办，反倒被调升为守尉。

朱博上任后，有人向他告发了此事。朱博立即召见了尚方禁。尚方禁心中七上八下，硬着头皮来见朱博。朱博仔细看尚方禁的脸，果然发现有疤痕，就让侍从退开，假装十分关心地询问究竟。

尚方禁做贼心虚，知道朱博已经了解了他的情况，就像小鸡啄米似的接连给朱博叩头，如实地讲了事情的经过，请求朱博的原谅。他头也不敢抬，只是一个劲地哀求道："请大人恕罪，小人今后再也不干那种伤天害理的事了。"

"哈哈哈……"朱博突然大笑道，"男子汉大丈夫，难免会发生这种事情。本官想为你雪耻，给你个立功的机会，你会效力吗？"

于是，朱博命令尚方禁不得向任何人泄露这次的谈话内容，要他有机会就记录其他官员的一些言论，及时向朱博报告。尚方禁俨然成了朱博的耳目。

自从被朱博宽释并重用之后，尚方禁对朱博的大恩大德铭记在心，干起事来特别卖命，不久，就破获了许多起盗窃、强奸等犯罪案，使地方治安状况大为改观。朱博于是提升他为连守县县令。又过了一段时期，朱博突然召见那个当年收受尚方禁贿赂的功曹，对他进行了严厉的训斥，并拿出纸和笔，要那位功曹把自己受贿的事全部写下来，不能有丝毫隐瞒。

那功曹早已吓得像筛糠一般，只好提起笔写下自己的斑斑劣迹。

由于朱博早已从尚方禁那里知道了这位功曹贪污受贿的事，看了功曹写的交代材料，觉得大致不差，就对他说："你先回去好好反省反省，听候裁决。从今后，一定要改过自新，不许再胡作非为！"说完就拔出刀来。

那功曹一见朱博拔刀，吓得两腿一软，又是打躬又是作揖，嘴里不住地喊："大人饶命！大人饶命！"只见朱博将刀晃了一下，一把抓起那位功曹写下的罪状材料，将其撕成纸屑扔了。

自此后，那位功曹终日如履薄冰、战战兢兢，工作起来尽心尽责，不敢有丝毫懈怠。

"独行侠"通常举步维艰

工作中，许多人自视甚高，坚持"独行侠"的做事风格，其实这只会让自己前途走向黯淡。

懂得合作、有团队意识的人，才能获得双赢的效果。

第二次世界大战时，在德国柏林东南有一座战俘营。为了逃脱纳粹的魔爪，250多名战俘准备越狱。在纳粹的严密控制之下实施越狱计划，要求战俘们进行最大限度的合作，才能确保成功。为此，他们明确地进行了分工。

这项工程复杂无比。首先要挖地道，而挖地道和隐藏地道则极为困难。战俘们一起设计地道，动工挖土，拆下床板木条支撑地道。处理新鲜泥土的方式更令人惊叹，他们用自制的风箱给地道通风吹干泥土。制作了在坑道运土的轨道和手推车，在狭窄的坑道里铺上了照明电线。所需的工具和材料之多令人难以置信，3000张床板、1250根木条、2100个篮子、71张长桌子、3180把刀、60把铁锹、700英尺（约213米）绳子、2000英尺（约610米）电线，还有许多其他的东西。为了寻找和搞到这些东西，他们绞尽了脑汁。此外，每个人还需要普通人的衣服、纳粹通行证和身份证以及地图、指南针及干粮等一切可以用得上的东西。担任此项任务的战俘不断弄来任何可能有用的东西，其他人则有步骤、坚持不懈地贿赂甚至讹诈看守。

每一个人都有各自的分工。做裁缝，做铁匠，当扒手，伪造证件，他们日复一日地秘密工作，甚至组织了一些掩护队，吸引德国哨兵的注意力。

不仅如此，他们还要负责"安全问题"，德国人雇用了许多秘密看守，混入战俘营，专门防止越狱，"安全队"监视每个秘密看守，一有看守接近，就悄悄地发信号给其他战俘、岗哨和工程队员。

由于众人的密切协作，在一年多的时间内他们竟然奇迹般地躲过了纳粹的严密监视，成功地完成了这一切。

在这里，个人英雄主义是无法赢得胜利的。

工作如战斗，将协作精神发挥到最大值的人，才有希望戴上成功的桂冠。

单打独斗，刚愎自用，个人的前途必将是黯淡无光的。具有协作精神，才能将个人价值最大化。

❦不断挑战新的难度，才能迈上更高的台阶❦

伍德是音乐系的学生，这一天，他走进练习室。在钢琴上，摆着一份全新的乐谱。

"超高难度……"伍德翻动着乐谱，喃喃自语，感觉自己对弹奏钢琴的信心似乎跌到了谷底。

已经3个月了！自从跟了这位新的指导教授之后一直是这样，不知道为什么教授要以这种方式整人。

伍德勉强打起精神，他开始用手指奋战、奋战、奋战……琴音盖住了练习室外教授走来的脚步声。

指导教授是个极有名的钢琴大师。授课第一天，他给自己的新学生一份乐谱。"试试看吧！"他说。

乐谱难度颇高，伍德弹得生涩僵滞、错误百出。

"还不熟，回去好好练习！"教授在下课时，这样叮嘱学生。

伍德练了一个星期，第二周上课时正准备让教授测试。没想到，教授又给了他一份难度更高的乐谱："试试看吧！"上星期的课，教授提也没提。

伍德再次挣扎于更高难度的技巧挑战。

第三周，更难的乐谱又出现了。

同样的情形持续着，伍德每次在课堂上都被一份新的乐谱所困扰，然后把它带回去练习，接着再回到课堂上，重新面临两倍难度的乐谱，却怎么都追不上进度，一点也没有因为上周的练习而有轻车熟路的感觉。伍德越来越感到沮丧和气馁。

教授走进练习室。

伍德再也忍不住了，他向钢琴大师提出这几个月来自己承受的巨大压力。

教授没有开口，他抽出了最早的那份乐谱，交给伍德。"弹弹看！"他以坚定的目光望着伍德。

不可思议的事情发生了，连伍德自己都惊讶万分，他居然可以将这首曲子弹奏得如此美妙、如此精湛！教授又让伍德试了第二堂课的乐谱，伍德依然呈现超高水准的表现……演奏结束，伍德怔怔地看着老师，说不出话来。

"如果，我任由你表现最擅长的部分，可能你还在练习最早的那份乐谱，就不会有现在这样的程度。"钢琴大师缓缓地说。

弯曲是生存的哲学

孟买佛学院是印度最著名的佛学院之一，这所佛学院的特点是建院历史悠久，拥有灿烂辉煌的建筑，还培养出了许多著名的学者。还有一个特点是其他佛学院所没有的，这是一个极其微小的细节。但是，所有进入过这里的人，当他再出来的时候，几乎无一例外地承认，正是这个细节使他们顿悟，正是这个细节让他们受益无穷。

这是一个很简单的细节，只是人们都没有在意：孟买佛学院在它的正门一侧，又开了一个小门，这个小门只有 1.5 米高、0.4 米宽，一个成年人要想过去必须弯腰侧身，不然就只能碰壁了。

这正是孟买佛学院给它的学生上的第一堂课。所有新来的人，教师都会引导他到这个小门旁，让他进出一次。很显然，所有的人都是弯腰侧身进出的，尽管有失礼仪和风度，但是却达到了目的。教师说，大门当然出入方便，而且能够让一个人很体面很有风度地出入。但是，有很多时候，人们要出入的地方，并不是都有着壮观的大门，或者，有大门也不是随便可以出入的。这个时候，只有学会了弯腰和侧身的人，只有暂时放下尊贵和虚荣的人，才能够出入。否则，有很多时候，你就只能被挡在院墙之外了。

孟买佛学院的教师告诉他们的学生，佛家的哲学就在这个小门里。其实，人生的哲学何尝不在这个小门里。人生之路，尤其是通向成功的路上，几乎是没有宽阔的大门的，所有的门都需要弯腰侧身才可以进去。

第十二章

拒绝平庸，做最好的自己

相信命运不如相信自己

威尔逊先生是一位成功的商业家，他从一个普普通通的事务所小职员做起，经过多年的奋斗，终于拥有了自己的公司、办公楼，并且受到了人们的尊敬。

这一天，威尔逊先生从他的办公楼走出来，刚走到街上，就听见身后传来"嗒嗒嗒"的声音，那是盲人用竹竿敲打地面发出的声响。威尔逊先生愣了一下，缓缓地转过身。

那盲人感觉到前面有人，连忙打起精神，上前说道："尊敬的先生，您一定发现我是一个可怜的盲人，能不能占用您一点点时间呢？"

威尔逊先生说："我要去会见一个重要的客户，你要说什么就快说吧。"

盲人在一个包里摸索了半天，掏出一个打火机，放到威尔逊先生手里，说："先生，这个打火机只卖1美元，这可是最好的打火机啊。"

威尔逊先生听了，叹口气，把手伸进西服口袋，掏出一张钞票递给盲人："我不抽烟，但我愿意帮助你。这个打火机，也许我可以送给开电梯的小伙子。"

盲人用手摸了一下那张钞票，竟然是一百美元！他用颤抖的手反复抚摸这钱，嘴里连连感激着："您是我遇见过的最慷慨的先生！仁慈的富人啊，我为您祈祷！上帝保佑您！"

威尔逊先生笑了笑，正准备走，盲人拉住他，又喋喋不休地说："您不知道，我并不是一生下来就瞎的。都是23年前布尔顿的那次事故！太可怕了！"

威尔逊先生一震，问道："你是在那次化工厂爆炸中失明的吗？"

盲人仿佛遇见了知音，兴奋得连连点头："是啊是啊，您也知道？这也难怪，那次爆炸光炸死的人就有93个，伤的人有好几百，可是头条新闻啊！"

盲人想用自己的遭遇打动对方，争取得到一些钱，他可怜巴巴地继续说道："我真可怜啊！到处流浪，孤苦伶仃，吃了上顿没下顿，死了都没有人知道！"

　　他越说越激动："你不知道当时的情况，火一下子冒了出来！仿佛是从地狱中冒出来的！逃命的人群都挤在一起，我好不容易冲到门口，可一个大个子在我身后大喊：'让我先出去！我还年轻，我不想死！'他把我推倒了，踩着我的身体跑了出去！我失去了知觉，等我醒来，就成了盲人，命运真不公平啊！"

　　威尔逊先生冷冷地说道："事实恐怕不是这样吧？"

　　盲人一惊，用空洞的眼睛呆呆地对着威尔逊先生。

　　威尔逊先生一字一顿地说："我当时也在布尔顿化工厂当工人，是你从我的身上踏过去的！你长得比我高大，你说的那句话，我永远都忘不了！"

　　盲人站了好长时间，突然一把抓住威尔逊先生，爆发出一阵大笑："这就是命运啊！不公平的命运！你在里面，现在出人头地了，我跑了出去，却成了一个没有用的盲人！"

　　威尔逊先生用力推开盲人的手，举起了手中一根精致的棕榈手杖，平静地说："你知道吗？我也是一个盲人。你相信命运，可是我不信。"

做事最怕没创意，有创意的东西才能引起关注

日本冈山市有一栋非常漂亮气派的 5 层钢筋水泥大楼。这栋大楼就是条井正雄所拥有的冈山大饭店。然而，谁也没想到，这位当年身无分文的条井正雄却盖起了这栋大楼。

条井以前是一家银行的贷款股长，一直负责办理饭店、旅馆业贷款的工作。10 年的工作，使他不知不觉成了一个对旅馆经营知识十分丰富的人，这时他心里自然也产生了经营旅馆的欲望。为了求得更完善的方案，他实地做过精密的调查，调查结果是来冈山市的旅客，有 97% 是为商务而来的。然后，他又在公路边站了三个月，调查汽车来往情况，得出每天汽车流量有 900 辆，每辆车约坐 2.7 人。然而当时，冈山市的旅馆却没有一家有像样的停车场设施。他想，将来新盖的饭店，必须具有商业风格，而且附设广阔的停车场，以此来吸引旅客。他又花费一年时间，制成几张十分阔气的饭店设计图纸和一份经营计划书。抱着试试看的态度到冈山市最大的建筑公司碰运气。

一位主管看了他的设计后，问条井："你准备了多少资金来盖这栋大楼？"

"我一分钱也没有，我想，先请你们帮我盖这栋大楼，至于建筑费等我开业之后，分期付给你们。"条井泰然自若地回答。

"你简直是在做白日梦，真是太天真了，请你把这个设计图拿回去吧！"

"这几张图纸和计划书是我花了两年时间完成的，我认为很完整。请你们详细研究，我以后再来讨教！"条井没有说更多的话，把设计图丢在那里，掉头就走。

半个月后，奇迹发生了，这个建筑公司约他去面谈。该公司的董事

和经理齐聚一堂，从上午8点谈到下午4点，一个接一个地问话，各式各样的提问，那种场面真令人心惊肉跳。然而，难以令人相信的事终于发生了：建筑公司决定花2亿日元替这位身无分文的先生盖饭店。

一年后饭店落成了，条井成了老板。这就是创意所带来的巨大成功。

没有思想和主见，一切学识和经验都毫无价值

一家大公司需要招聘办公室副主任，在省城的好几家报纸上登出了"高薪诚聘"内容的广告。月薪 4000 元的确具有不小的诱惑力，一时间应者云集，有近百人报名参加初试，其中不乏硕士生和许多有工作经验者。

初试之后，又经过了三轮面试，最后确定由三人参加最后一轮面试。他们是：一个硕士毕业生、一个应届本科毕业生和一个有着 5 年相关工作经验的年轻人。

最后的面试由总经理亲自把关：跟三位应聘者逐个进行交谈。

面试的房间是临时腾出来的，设在人事部的一间小办公室里。等谈话要开始了，才发现室内恰好少了一把供应聘者坐下来跟总经理交谈的椅子。办事人员正要到隔壁办公室去借一把椅子，总经理挥手制止了他："别去了，就这样吧！"

第一位进来的是那位硕士生。总经理对他说的第一句话是："你好，请坐。"他看着自己周围，发现并没有椅子，充满笑意的脸上立即现出了些许茫然和尴尬。

"请坐下来谈。"总经理又微笑着对他说。他脸上的尴尬显得更浓了，有些不知所措，略作思索，他谦卑地笑着说："没关系，我就站着吧！"

接下来就轮到年轻人，他环顾左右，发现并没有可供自己坐的椅子，也是一脸谦卑地笑："不用了，不用了，我就站着吧！"

总经理微笑着说："还是坐下来谈吧！"

年轻人很茫然，回头看了看身后，"可是……"

总经理似乎恍然大悟，说："啊，请原谅我们工作上的疏忽。那好，你就委屈一下，我们站着谈吧！不过，很快就完的。"

几分钟后，那个应届毕业生进来了。总经理的第一句话仍然是："你好，请坐。"

做任何事情都需要我们有思想、有主见，这样才能充分发挥自己的主动性和创造性。如果一个人没有自己的思想和主见，那么，一切学识和经验都毫无价值。

大学生看看周围没有椅子，愣了一下，立即微笑着请示总经理："您好，我可以把外面的椅子搬一把进来吗？"

总经理脸上的笑容舒展开来，温和地说："为什么不可以？"

大学生就到外面搬来了一把椅子坐下来，和总经理有礼有节地完成了后面的谈话。

最后一轮面试结束后，总经理留用了这位应届的大学毕业生。

总经理的理由很简单：我们需要的是有思想、有主见的人，没有自己的思想和主见，一切的学识和经验都毫无价值。

事实也证明总经理的判断准确无误。仅仅半年之后，应届毕业生就坐到了总经理助理的位置上，成为公司中最年轻的高层管理人员。

只有做好了充分的准备，希望才会成为现实

琼在每次谈论自己时都说，她成年以后一直希望能上大学，但是总有原因阻止她实现这一理想：她付不起学费，她必须养家糊口，她的工作太忙，她没有时间。她最近的一个原因是太老了。

她丈夫最后一次建议她上大学时，她对他说："如果我现在利用业余时间开始读大学，毕业的时候我都60岁了。"

丈夫告诉她："无论如何，你都会到60岁。而那时你可以有大学文凭，也可以没有大学文凭。你希望60岁时在经理的职位上退休呢，还是像现在一样，依然是个理货员？"

"哦，那当然希望以一个经理或主管的身份了。"琼说道。

不去做准备，希望永远都只能是希望，它不会因为你口头上的坚持而成为现实。不要给自己的懒怠找任何借口，要知道，梦想的实现是必须以实际行动的坚持不懈为依托的。只要做好了充分的准备，希望才会成为现实，梦想才会实现。

　　"那你现在还不开始准备一些必需的东西吗？要知道，不去做准备的希望永远也成为不了现实。"琼的丈夫结束了这次谈话。

　　最后，琼开始利用业余时间参加大学学习。她以为白天工作，晚上和周末学习会使自己精疲力竭，但事实完全相反，她从未感到过如此精力充沛。

　　琼最后终于在规定时间内拿到了自己梦想的大学的结业证书，她为此兴奋不已。而认识她的人都说她的变化很大，变得自信了，浑身充满了活力。

　　琼原来只是一家百货公司的理货员，而在她参加学习期间，利用在学校学习的知识，向上司提出了新的货物管理与统计方案，并得到采用，她也顺理成章地进入了公司管理层。这些都是琼以前从来都没想到过的。她没有想到，人生就因为她的这次准备而变得如此丰富多彩。这更坚定了她努力的决心，她开始重新为自己定位，并为新的目标再去做下一步的准备。最后，终于成为这家公司唯一的从理货员干起来的总经理。

　　从一个理货员到总经理，其中要经过多少努力与艰辛，但琼做到了。就像她的丈夫所说的那样：不去做准备，希望永远也成不了现实。这句话现在已经成为她开会时经常说的口头禅了。想当初，她也曾为自己找过无数的借口，不去学习和准备，但当她真的去做了，却发现一切并不像想象的那样困难，她的信心因此而大增，终于成就了她事业的辉煌。显而易见，琼正是准备的最大受益者。

❦给自己设定目标，不断地挑战自我❦

1994 年 5 月 3 日，11 发半自动狙击步枪子弹射入了德瑞克的体内，穿透了他的骨头、肌肉和器官，这只有不到 3 秒钟的时间。他倒下去后，开始往火线外面爬。等到 3 小时后得到救援时，他身上的血已经流失了近 80%——现场的医生说他距离心脏停止跳动只有 30 秒钟。

德瑞克一直喜欢挑战自我，设定新的目标，并看着自己实现。由于自己的职业，他还得为最糟糕的情况做准备。

作为澳大利亚公安部特别行动组的精英之一，他曾很多次因演习而被子弹击中。他的行动计划非常具体，甚至包括如果被击中的话，该让自己的身体如何应付。他经常付诸实施。他并不是悲观，只是很现实。

那天在澳大利亚迷人的拜瑞沙峡谷中执行任务时，他不仅被击中了，而且快死了。他自己很清楚这一点。"我给自己定了一个目标——活下去，和我的孩子们在一起，哪怕坐在轮椅上。"当他被持枪的歹徒击中后无助地倒在地上时，他把自己的精神目标付诸行动。当他感觉到自己由于失血爬不动时，他开始控制自己的行动。他告诉自己要保持平静，放慢呼吸、调整脉搏，以减少失血。

他集中所有的意念使自己活下去，以便当他的孩子们遇到考验和磨难时，他能够帮助他们。通过明智的努力，德瑞克活了下来，再次看到了他的家人。

德瑞克被送到了医院后，最初的7个小时内，他活下去的机会只有一半。当脱离了重病特别护理后，他经历了一系列手术，但他的腿不能像从前一样活动了。这对于一个身体健康的人来说，是一个很大的打击。

他说："我陷入了困境，我知道自己不能改变过去，但为了使我的未来更好一点，我必须面对这种情形。"

德瑞克舍不得放弃自己深爱的工作。于是，他又为自己设定了一个远大的目标：重新加入特别行动组。别人都觉得这是不可能的，他们认为医生的估计是对的，他永远不能再像正常人一样走路了。

德瑞克把重返特别行动组的目标分解成一个个小的目标。

他说："首先，是站起来。然后绕着床走。我能看到自己实现了每一个目标，而且，当我快实现一个目标时，我给自己设定下一个。"恢复对于德瑞克来说，就是一系列的挑战性目标。

此外德瑞克还告诫自己要坚持。德瑞克如此努力，以致南澳大利亚病理学协会盛赞他的坚持，承认他对生理恢复做出的贡献。

1997年，德瑞克重新加入了特别行动组。他还参加了精英军事行动以及救援和高危的行动。

☙ 勇于出新出奇，才会有更多成功的机会 ☙

风光优美、气候宜人的奥地利，是各国游客喜欢观光的胜地。就在某处青山和绿茵的环抱中，有家名为特里页辛格霍夫的酒店首创世界之最——"婴儿酒家"，吸引了成千上万的国内外游人，生意极为兴隆。

那么，这个"婴儿酒家"是谁的创意呢？说来话长。这家酒店原是一位女老板经营，后来她病逝。店务就落在她那个29岁的儿子西格弗里德身上。新老板很想革故鼎新，搞些新名堂，用以开拓自己的事业。

一天，一位朋友满面春风地来探望他，告诉他自己成为父亲了。望着朋友容光焕发的笑脸，西格弗里德怦然心动，一个崭新的生意经在脑海中跳将出来。他对朋友说："我想把这家普通酒店改成一家婴儿酒家。我特地邀您夫妇带着小孩两星期后光临，在此度过一段美妙的休假。"朋友欣然答应。

于是酒店立即投入改装、施工。亲友们很不理解西格弗里德的新名堂，指责道："婴儿会喝酒吗？你年纪轻轻办事不牢靠，不要把你母亲多年辛苦经营留下的产业败光了啊！"

西格弗里德申辩道："我命名它为'婴儿酒家'，宗旨是'小客人快乐第一'，其实更是为年轻的父母们服务的呀。"

亲友们还是不理解，都说他异想天开，肯定是个败家子。西格弗里德不再搭理，督促工匠们加快工作进度：在两星期的停业改修中，他为酒店添置了许多婴儿床、高脚椅和各式玩具，新辟了小客房、游乐室、婴儿酒吧和水上单车，并聘用了三位经过专业训练的合格护士，以备安排24小时轮流值班，看护各个房间的小客人。每间小客房都要安装与服务台大厅连接的警铃，要是婴儿哭了或醒了，正在饮酒、跳舞或打高尔夫球的年轻父母就能及时赶去探望。

"婴儿酒家"终于如期开张。第一批前来娱乐度假的顾客中就

　　有那位带着妻儿的朋友。他们为这独树一帜的酒家迷住了，极其舒畅地度过了一段终生难忘的日子。回去后，他们有意无意地为这世界之最的酒家做义务广告宣传员。于是，该店常常爆满。年轻的父母为了品味这家酒店的新奇和美妙，纷纷上门或预约房间。西格弗里德又及时根据生意行情，购买了更多的玩具、婴儿床、尿壶、拉屎座椅等，终于把婴儿酒家办成一座令婴儿及其父母流连忘返的儿童乐园。

🍂 责任心是成功的关键 🍂

松下幸之助说过："责任心是一个人成功的关键。对自己的行为负责，独自承担这些行为的哪怕是最严重的后果，正是这种素质构成了伟大人格的关键。"事实上，当一个人养成了尽职尽责的习惯之后，无论从事任何工作，他都会从中发现工作的乐趣。在这种责任心的驱使下，工作能力和工作效率会得到大幅度提高，当我们把这些运用到实践当中，我们就会发现，成功已掌握在自己的手中。

一位超市的值班经理在超市视察时，看到自己的一名员工对前来购物的顾客态度极其冷淡，偶尔还向顾客发脾气，令顾客极为不满，而他自己却毫不在意。

这位经理问清原因之后，对这位员工说："你的责任就是为顾客服务，令顾客满意，并让顾客下次还到我们超市购物，但是你的所作所为是在赶走我们的顾客。你这样做，不仅没有承担起自己的责任，而且还正在使企业的利益受到损害。你懈怠自己的责任，也就失去了企业对你的信任。一个不把自己当成企业一分子的人，就不能让企业把他当成自己人，你可以走了。"

这名员工由于对工作的不负责任，不但危害了企业的利益，还让自己失去了工作。可见，对工作负责就是对自己负责。

对那些刚刚进入职场的大学生来说，对工作负责不但能够使自己养成良好的职业习惯，还能为自己赢得很好的工作机会。但如果缺乏责任感，就只能面临被淘汰的危险。

晓青曾是一家软件公司的程序员。学计算机专业的晓青毕业后非常幸运地进入了这家比较大的软件公司工作。上班的第一个月，由于她刚毕业在学校还有一些事情要处理，所以经常请假，加上她住的地方离公司比较远，经常不能按时上下班。好在她专业技术过硬，和同事一起解决了不少程序上的问题，很明显，公司也很看重她的工作能力。

学校的事情处理完了，晓青上班仍像第一个月那样，有工作就来，没有工作就走，迟到，早退，甚至还在上班时间拉同事去逛街。有一次，公司来了紧急任务，上司安排工作时怎么也找不着她。事后，同事悄悄地提醒她，而她却以一句"没有什么大不了的"，让同事无言以对。她认为自己工作能力够了就行，其他的不必放在心上。结果可想而知：在试用期结束后的考评中，晓青的业务考核通过了，但在公司管理规章和制度的考核上给卡住了，她只能接受被淘汰的命运。

"没有什么大不了的"，绝不是一位初涉职场的新人或是任何一位员工在有工作任务的时候可以说的话。上班时间逛街是绝对不可以的，接到工作任务，也必须马上回公司。晓青的表现可以说是现在很多大学毕业生的通病，在学校养成的散漫、不守纪律、独来独往的习惯，使他们到团队以后，在心理上很难在短时间内改正。把公司的照顾当作福利，缺乏应有的责任感，就是能力再强，公司也只能忍痛割爱了，毕竟公司看重的是员工的团队意识。

对工作负责就是对自己负责。所以，任何一名员工都应尝试着对自己的工作负责，那时你就会发现，自己还有很多的潜能没有发挥出来，你要比自己往常出色很多倍，你会在平凡单调的工作中发现很多的乐趣。最重要的是你的自信心还会得到提升，因为你能做得更好。

其实，改变的不是生活和工作，而是一个人的工作态度。正是工作态度，把你和其他人区别开来。这样一种敬业、主动、负责的工作态度和精神让你的思想更开阔，工作起来更积极。尝试着对自己的工作负责，这是一种工作态度的改变，这种改变，会让你重新发现生活的乐趣、工作的美妙。

☙ 时间不等人，延迟决定是最大的错误 ❧

美国拉沙叶大学的一位业务员前去拜访西部一小镇上的一位房地产商人，想把一个"销售及商业管理"课程介绍给这位房地产商人。这位业务员到达房地产商人的办公室时，发现他正在一架古老的打字机上打着一封信。这位业务员自我介绍一番，然后介绍他所推销的这个课程。

那位房地产商人显然听得津津有味。然而，听完之后，却迟迟不表示意见。

这位业务员只好单刀直入了："你想参加这个课程，不是吗？"

这位房地产商人以一种无精打采的声音回答说："呀，我自己也不知道是否想参加。"

他说的倒是实话，因为像他这样难以迅速做出决定的人有数百万之多。这位对人性有透彻认识的业务员，这时候站起来，准备离开。但接着他采用了一种多少有点刺激的战术。下面这些话使房地产商人大吃一惊。

"我决定向你说一些你不喜欢听的话，但这些话可能对你很有帮助。

"先看看你工作的办公室，地板脏得可怕，墙壁上全是灰尘。你现在所使用的打字机看来好像是大洪水时代挪亚先生在方舟上所用过的。你的衣服又脏又破，你脸上的胡子也未刮干净，你的眼光告诉我你已经被打败了。

"在我的想象中，在你家里，你太太和你的孩子穿得也不好，也许吃得也不好。你的太太一直忠实地跟着你，但你的成就并不如她当初所希望的。在你们结婚时，她本以为你将来会有很大的成就。

"请记住，我现在并不是向一位准备进入我们学校的学生讲话，即使你用现金预缴学费，我也不会接受。因为，如果我接受了，你将不会拥有去完成它的进取心，而我们不希望自己的学生当中有人失败。

"现在，我告诉你为何失败。那是因为你没有做出一项决定的能力。

"在你的一生中，你一直养成一种习惯：逃避责任，无法做出决定。结果到了今天，即使你想做什么，也无法办得到了。

"如果你告诉我，你想参加这个课程，或者你不想参加这个课程，那么，我会同情你，因为我知道，你是因为没有钱才如此犹豫不决。但结果你说什么呢？你承认你并不知道你究竟参加或不参加。你已养成逃避责任的习惯，无法对影响到你生活的所有事情做出明确的决定。"

这位房地产商人呆坐在椅子上，下巴往后缩，他的眼睛因惊讶而膨胀，但他并不想对这些尖刻的批评进行反驳。

这时，这位业务员说了声"再见"，走了出去，随手把房门关上。但又再度把门打开，走了回来，带着微笑在那位吃惊的房地产商人面前坐下来，继续他的谈话。

"我的批评也许伤害了你，但我倒是希望能够触怒你。现在让我以男人对男人的态度告诉你，我认为你很有智慧，而且我确信你有能力，但你不幸养成了一种令你失败的习惯。但你可以再度站起来。我可以扶你一把——只要你愿意原谅我刚才所说过的那些话。

"你并不属于这个小镇。这个地方不适合从事房地产生意。你赶快替自己找套新衣服，即使向人借钱也要去买来，然后跟我到圣路易斯市去。我将介绍一个房地产商人和你认识，他可以给你一些赚大钱的机会，同时还可以教你有关这一行业的注意事项，你以后投资时可以运用。你愿意跟我来吗？"

那位房地产商人竟然抱头哭泣起来。最后，他努力地站了起来，和这位业务员握握手，感谢他的好意，并说他愿意接受他的劝告，但要以自己的方式去进行。他要了一张空白报名表，签字报名参加《推销与商业管理》课程，并且凑了一些一毛、五分的硬币，先交了头一期的学费。

三年以后，这位房地产商人开了一家拥有 60 名业务员的公司，成为圣路易斯市最成功的房地产商人之一，他还指导其他业务员的工作，每一位准备到他公司上班的业务员，在被正式聘用之前，都要叫到他的私人办公室去，他把自己的转变过程告诉这位新人，从拉沙叶大学那位业务员初次在那间寒酸的小办公室与他见面开始说起，并且首先要传授的一条经验就是——"延迟决定是最大的错误"。

第十三章

幸福掌握在自己手中

❦不靠天不靠地，自己的事自己干❦

清代大画家、"扬州八怪"之一郑板桥，52岁才得一子，取名宝儿。郑板桥对其管教甚严，从不溺爱。他在病危时把儿子叫到床前，指名要吃儿子亲手做的馒头。父命难违，儿子只得勉强答应。可他从未做过馒头，请教了厨师，费了九牛二虎之力，终于做好馒头，喜滋滋地送到床前，谁知父亲早已断气。儿子跪在床边，哭得像泪人一般，忽然发现茶几上有张信笺，上面写着几行诗句："淌自己的汗，吃自己的饭，自己的事情自己干。靠天，靠地，靠祖宗，不算是好汉。"

人生在世，独立是一生的财富。有了"自己的事自己干"的信念，你就可以真正地享受自己的生活。

江斯顿是美国前总统林肯继母的儿子，他平时不求上进，常生活无着。一次，他写信向林肯借钱，林肯很快写了一封回信。

亲爱的江斯顿：

你向我借80块钱。我觉得目前最好不要借给你。所有的问题都源于你那浪费时间的恶习，改掉这种习惯对你来说很重要，而对你的儿女则更为重要。因为，他们的人生之路还很长，在没有养成闲散的习惯之前，尚可加以制止。我建议你去工作，去找个雇人的老板，为他卖力地工作。为了使你的劳动获得好的酬金，我现在可以答应你，从今天起，只要你工作挣到1块钱或是偿还了1块钱的债，我就再给你1块钱。

这样的话，如果你每月挣10块钱，你可以从我这里再得到10块钱，那么你一个月就可赚20块钱。我不是说让你到圣路易斯或加利福尼亚州的铅矿、金矿去，而是让你在离家近的地方找个最挣钱的工作——就在柯尔斯县境内。

如果你愿意这样做，很快就能还清债务。更重要的是你会养成不再欠债的好习惯。但如果我现在帮你还了债，明年你又会负债累累。照我说的做，保证你工作四五个月后就能挣到那80元钱。你说，如果我借给你钱，你愿意把田产抵押给我，若是将来还不清钱，田地就归我所有……胡说八道！

假如你现在有田地都无法生存，将来没有了田地又怎么能存活呢？你一向对我很好，我现在也不是对你无情无义，如果你肯采纳我的建议，你会发现，对你来说，这比8个80块钱还值！

林肯

林肯的信，至今仍有积极意义。一个追求幸福的人，绝不可丢弃自立自强的信念。

恒心，助幸福翱翔

一位成功学大师认为，巨大的成功靠的不是力量，而是韧性与恒心。

1864 年 9 月 3 日，斯德哥尔摩市郊突然爆发出一声震耳欲聋的巨响，滚滚的浓烟、火焰霎时冲上天空。当惊恐的人们赶到现场时，只见原来屹立在这里的一座工厂只剩下残垣断壁，火场旁边，站着一位 30 多岁的年轻人，突如其来的惨祸，已使他面无血色，浑身不住地颤抖着……

青年眼睁睁地看着自己所创建的硝化甘油炸药实验工厂化为了灰烬。人们从瓦砾中找出了 5 具尸体，4 人是他的亲密助手，而另一个是他在大学读书的小弟弟。5 具烧得焦烂的尸体，令人惨不忍睹。青年的母亲得知小儿子惨死的噩耗，悲痛欲绝。年迈的父亲因大受刺激而引起脑出血，从此半身瘫痪。

事后，警察局立即封锁了爆炸现场，并严禁青年重建自己的工厂。人们像躲避瘟神一样地避开他，再也没有人愿意出租土地

有恒心者，往往成了笑在最后、笑得最好的胜利者。半途而废、浅尝辄止的人，美好的愿望永远只能是梦。

让他进行如此危险的实验。但是，困境并没有使青年退缩，几天以后，人们发现在远离市区的马拉仑湖上出现了一只巨大的平底驳船，驳船上并没有装什么货物，而是装满了各种设备，青年正全神贯注地进行实验。

他就是后来闻名于世的诺贝尔。一次又一次失败之后，他终于发明了雷管。雷管的发明是爆炸学上的一项重大突破，随着当时许多欧洲国家工业化进程的加快，开矿山、修铁路、凿隧道、挖运河等都需要炸药。于是，人们又开始亲近诺贝尔了。他把实验室从船上搬迁到斯德哥尔摩附近的温尔维特，正式建立了第一座硝化甘油工厂。接着，他又在德国的汉堡等地建立了炸药公司。一时间，诺贝尔的炸药成了抢手货，诺贝尔的财富与日俱增。

诺贝尔一生共获专利发明权 355 项。他用自己的巨额财富创立的诺贝尔奖被国际学术界视为一种崇高的荣誉。

可见，恒心是实现目标过程中不可缺少的条件，是发挥潜能的必要因素。恒心与追求结合之后，便形成了百折不挠的巨大力量。

梦想越远，人的幸福之旅越广阔

　　一个没有高远梦想的人就像一艘无舵的船，永远漂泊不定、心无所依，那么搁浅是必然的，由灰心、失望而导致失败也是在所难免的。

从小到大，每个人都曾有过种种奇妙、瑰丽的梦幻，但渐渐地，由于他人的嘲讽、怀疑，自己的动摇、退却，梦终究还是梦。只有那些怀着高远梦想并全力圆梦的人，才会创造幸福的奇迹。

在法国的乡村，有一位普通的邮递员每天奔走于各个村庄，为人们传送邮件。

一天，他在山路上不小心摔倒了，不经意发现脚下有一块奇特的石头，看着看着，他有些爱不释手，最后他把那块石头放进了邮包。

村民们看到他的邮包里还有一块沉重的石头，都感到很奇怪。

他取出那块石头晃了晃，得意地说：“你们有谁见过这样美丽的石头？”

人们摇了摇头：“这里到处都是这样的石头，你一辈子都捡不完的。”可是，他并没有因为大家的不理解而放弃自己的想法，反而想用这些奇特的石头建一座奇特的城堡。

此后，他开始了另外一种全新的生活。白天，他一边送信一边捡这些奇形怪状的石头；到了晚上，他就琢磨用这些石头来建城堡的问题。

所有的人都觉得他疯了，这根本就是不可能的事。

20多年以后，在他住处出现了一座错落有致的城堡，可在当地人的眼里，他是在干一些如同小孩建筑沙堡一样的游戏。

20世纪初，一位记者路过这里发现了这座城堡，这里的风景和城堡的建造格局令他慨叹不已，为此写了一篇文章。文章刊出后，邮差希瓦勒和他的城堡就成为人们关注的焦点，甚至艺术大师毕加索也专程拜访。

今天，这个城堡已成为法国最著名的风景旅游点之一。

据说，那块当年被希瓦勒捡起的石头，被立在入口处，上面刻着一句话：“我想知道一块有了愿望的石头能走多远。”

原来，人的心走多远，人的脚步走多远，美丽的梦就能走多远。

你就是命运大厦的设计师和建筑家

生活中，有人将命运托付于父母、师长、权威，自己究竟会成为什么样子，听天由命。他们却忘了，命运的悲喜美丑，是由自己的行动塑造的。

60 多年前，在美国三藩市，一位演员喜获儿子。由于父亲是演员，这个男孩从小就有了跑龙套的机会，他渐渐产生了当一名演员的梦想。可由于身体虚弱，父亲便让他拜师习武来强身。1961 年，他考入华盛顿州立大学主修哲学，后来，他像所有正常人一样结婚生子。但在心底，他从未放弃过当一名演员的梦想。

一天，他与朋友谈到梦想时，随手在一张便笺上写下了这样一段话："我，布鲁斯·李，将会成为全美国最高薪酬的超级巨星。作为回报，我将奉献出最激动人心、最具震撼力的演出。从 1970 年开始，我将会赢得世界性声誉；到 1980 年，我将会拥有 1000 万美元的财富，那时候我及家人将会过上愉快、和谐、幸福的生活。"

当时，他过得穷困潦倒。可以预料，如果这张便笺被别人看到，会引起什么样的白眼和嘲笑。

然而，他却牢记着便笺上的每一个字，克服了无数次常人难以想象的困难。一次，他曾因脊背神经受伤，在床上躺了 4 个月，

但后来他却奇迹般地站了起来。

1971 年，他主演的《猛龙过江》等几部电影都刷新香港票房纪录。1972 年，他主演了香港嘉禾公司与美国华纳公司合作的《龙争虎斗》，这部电影使他成为一名国际巨星，被誉为"功夫之王"。1998 年，美国《时代》周刊将其评为"20 世纪英雄偶像"之一，他是唯一入选的华人。

他就是"最被欧洲人认识的亚洲人"——李小龙，一个迄今为止在世界上享誉最高的华人明星。

1973 年 7 月，李小龙英年早逝。在美国加州举行的李小龙遗物拍卖会上，这张便笺被一位收藏家以 2.9 万美元的高价买走，同时，2000 份获准合法复印的副本也当即被抢购一空。

故事很简单，但用心想一下，其实，我们每一个人都如李小龙一样，只要敢于挣脱平庸命运的摆弄，人生将会出现另一种辉煌与多彩。

置自己于悬崖，拓展生命的宽度

许多时候，我们需要让自己置身于命运的悬崖绝壁之上。正是面临这种后退无路的境地，人才会迸发出所有的能量，拓展生命的宽度。

有一个出身名校的大学生，毕业时被分配到一个让人们羡慕的政府机关，干着一份惬意的工作。

好景不长，他开始陷入苦闷，原来他的工作虽轻松，但与所学专业毫无关系。他可是经济专业的高才生啊，在机关里并无用武之地。他想辞职外出闯天下，却又留恋眼下这一份舒适的工作。外面的世界虽然很精彩，风险也大啊。无奈之下，他就将自己的困惑告诉了他最敬重的一位长者。长者一笑，给他讲了一个故事：

"一个农民在山里打柴时，拾到一只样子怪怪的鸟。那只怪鸟和出生刚满月的小鸡一样大小，还不会飞，农民就把这只怪鸟带回家给小女儿玩耍。

"调皮的小女儿玩够了，便将怪鸟放在小鸡群里充当小鸡，让母鸡养育着。

"怪鸟长大后，人们发现它竟是一只鹰，他们担心鹰再长大一些会吃鸡。然而，那只鹰和鸡相处得很和睦，只是当鹰出于本能飞上天空再向地面俯冲时，鸡群会产生恐慌和骚乱。

"渐渐地，人们越来越不满，如果哪家丢了鸡，便会首先怀疑那只鹰。要知道鹰终归是鹰，生来是要吃鸡的。大家一致强烈要求：要么杀了那只鹰，要么将它放生，让它永远也别回来。因为和鹰有了感情，这一家人决定将鹰放生。

"谁知，他们把鹰带到很远的地方放生，过不了几天那只鹰又飞回来了；他们驱赶它不让它进家门；他们甚至将它打得遍体鳞伤……都无法成功。

"后来村里的一位老人说：'把鹰交给我吧，我会让它永远不再回来。'老人将鹰带到附近一个最陡峭的悬崖绝壁旁，然后将鹰狠狠向悬崖下的深涧扔去。那只鹰开始如石头般向下坠去，然而快要到涧底时它终于展开双翅托住了身体，开始缓缓滑翔，最后轻轻拍了拍翅膀，就飞向蔚蓝的天空。它越飞越自由舒展，越飞越高，越飞越远，渐渐变成了一个小黑点，飞出了人们的视野，再也没有回来。"

听了长者的故事，年轻人似有所悟。几天后，他辞去了公职外出打拼，终有所成。

可见，留恋安逸、舒适，生命将会永远局限于那一亩三分地。

将自己置于没有退路的悬崖，从某种意义上说，是给自己一个向生命高地冲锋的机会。

 第十三章
幸福掌握在自己手中

苦难也会芬芳

当代作家乔叶写过一篇《让苦难也芬芳》，细细品味，美丽
无比：

最近认识一个朋友，是个农民，做过木匠，干过泥瓦工，
收过破烂，卖过煤球，在感情上受到过致命的欺骗，还打过一
场3年之久的麻烦官司。现在他独自闯荡在一个又一个城市里，
做着各种各样的活计，居无定所，四处飘荡，经济上也没有任
何保障。看起来仍然像一个农民，但是与乡村里的农民不同的
是，他虽然也日出而作，但是不日落而息——他热爱文学，写
下了许多清澈纯净的诗歌。每每读到他的诗歌，都让我觉得感
动，同时惊奇。

"你这么复杂的经历怎么会写出这么柔情的作品呢？"我曾
经问过他，"有时候我读你的作品总有一种感觉，觉得只有初恋
的人才能写得出。"

"那你认为我该写出什么样的作品呢？《罪与罚》吗？"他笑。

"起码应该比这些作品沉重和黯淡些。"

他笑了，说："我是在农村长大的，农村家家都储粪。小时候，每当碰到别人往地里送粪时，我都会掩鼻而过。那时我觉得很奇怪，这么臭这么脏的东西，怎么就能使庄稼长得更壮实呢？后来，经历了这么多事，我却发现自己并没有学坏，也没有堕落，甚至连麻木也没有，就完全明白了粪和庄稼的关系。"

我看着他。他想做一个怎样的比喻呢？

"粪便是脏臭的，如果你把它一直储在粪池里，它就会一直臭下去。但是一旦它遇到土地，情况就不一样了。它和深厚的土地结合，就成了一种有益的肥料。对于一个人，苦难也是这样。如果把苦难只视为苦难，那它真的就只是苦难。但是如果你让它与你精神世界里最广阔的那片土地去结合，它就会成为一种宝贵的营养，让你在苦难中如凤凰涅槃，体会到特别的甘甜和美好。"

这个智慧的人，他是对的。土地转化了粪便的性质，他的心灵转化了苦难的流向。在这转化中，每一道沟坎都成了他唇间的烈酒，每一道沟坎都成了他诗句的花瓣。他文字里那些明亮的妩媚原来是那么深情、隽永，因为其间的一笔一画都是他踏破苦难的履痕。

他让苦难芬芳，他让苦难醉透。能够这样生活的人，是多么让人钦佩……

吹尽黄沙始见金。生活中，我们要坦然面对苦难，默默地承受苦难，从苦难的积淀中捞出勇气、智慧、韧性，捞出成功的结晶和幸福的喜悦。

看淡得失，你即是幸福之人

得与失是我们生命中的一个很重要的组成部分，可以说，我们每一天都徘徊于失与得之间。但很多人总失不起；对于他们来讲，失去的不仅仅是物质，同时也会失去一个人的心理上的平衡。所以有人说，这种失去的有限的人，他们得到的也一定非常有限。

聪明地看待"得失"问题，对一个人的一生都有好处。在智者眼中似乎从来是无得亦无失，他们总能得之泰然，失之也泰然。李白有诗说："天生我才必有用，千金散尽还复来。"清朝红顶商人胡雪岩在家道衰败时，看着家人们为财去楼空而哭泣叹息，他却说："我胡雪岩本无财可破，当初我不过是个月俸四两银子的伙计，眼下光景没有什么不好。以前种种，譬如昨日死，以后种种，譬如今日生吧。"他失去了一手经营的万贯家财，却没有失去心理上的平衡。

在日本，有一位企业老总每天坚持写一篇"光明日记"，里面记录的全是快乐的事情。他管理企业的方式也很特别，他把每个月末召开的工作例会取名为"快乐例会"，要求各部门经理先用3分钟时间向大家汇报一下本月来最快乐的事情，然后再检查和布置工作。他也总是带头把快乐传递给大家，引得全场上下哈哈大笑——这位老总就是日本最大的零售集团"八佰伴"公司总裁和田一夫。

后来"八佰伴"在一夜之间跌入了低谷，此时和田一夫已是72岁的老人，他能经得住如此灾难性的打击吗？实在让人担心。

然而，事实却是，和田一夫没有因为"八佰伴"的倒闭而失去自己心中的信念和快乐，他又和几个年轻人合作，开办了一家网络咨询公司。面对新的挑战，他充满了自信，脸上始终绽放着微笑，他的这种快乐积极的人生态度，不仅感动了年轻的同事们，也感动了"上帝"，没多久他的生意就红火了起来，他又迎来了人生旅途中的一片艳阳天。

有人问和田一夫，为什么能在如此短的时间内反败为胜，东山再起，和田一夫快乐地答道："因为失败了我也能笑出来！"

"失败了也能笑出来"，不正好印证了"谁笑到最后，谁笑得最好"这句话吗？无论在什么情况下，哪怕是受到致命的打击，如果也能像和田一夫那样，坚持地笑下去，快乐地笑下去，那么，这生命中的阳光，终会催开人生成功的花朵。

播种希望，收获奇迹

希腊神话中有一则神话叫"潘多拉的匣子"。传说众神之王宙斯因为普罗米修斯违背了他的意愿，盗了天火给人类，因此大怒，开始惩罚普罗米修斯和人类。他命令手艺最高明的匠神赫淮斯托斯按照女神的模样打制出一名女子，起名叫潘多拉，即具有一切天赋的女人之意，并且让每一个神都送一样礼物放在潘多拉随身携带的匣子里。之后，宙斯把潘多拉嫁给了普罗米修斯的弟弟埃庇米修斯。因为普罗米修斯是个先知，所以他知道潘多拉的匣子是宙斯用来惩罚人类的工具，因此，他事先反复郑重地提醒和警告埃庇米修斯：千万千万不要动潘多拉的匣子。但普罗米修斯万万没有想到，自己语重心长的警示反而引起了埃庇米修斯强烈的好奇心。埃庇米修斯趁人不在，偷偷地打开了潘多拉的那个匣子，顿时，匣子里各种各样

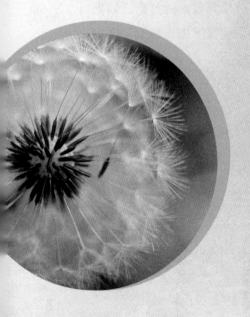

当年曾经那么普通的一粒种子，也许谁的手都曾捧过，只是少了一份对希望之花的坚持与执着，少了一份以心为圃、以血为泉的培植与浇灌，才使你的生命错过了一次最美丽的花期。种在心里，即使一粒最普通的种子，也能长出奇迹！

这个故事告诉我们，只要我们心中存有希望，只要我们心中有一颗希望的种子，那么就一定会创造出奇迹。

希望带来美好，美好的希望更是让人激动，让人无限憧憬。社会能进步几乎是希望的功劳，是它让会思考的生命去奋斗、拼搏，让社会天天在进步。同时，我们要时刻提醒自己：希望只是希望，只有用勤奋去浇灌，才能盛开希望之花，得到希望之果。

的东西都飞了出来，埃庇米修斯定神一看，天哪，从匣子里飞出来的是战争、疾病、瘟疫、灾难、痛苦、妒忌……埃庇米修斯被吓坏了，他急急忙忙关上了匣子，结果，最后一样东西被关在了匣子里，这个东西恰恰就是：希望。

从此以后，人类经历各种各样的战争、疾病、瘟疫、灾难、痛苦、妒忌……唯独缺少希望。

亚历山大大帝给希腊世界和东方的世界带来了文化的融合，开辟了一直影响到现在的丝绸之路的丰饶世界。据说他投入了全部的青春活力，出发远征波斯之际，曾将他所有的财产分给了臣下。

为了登上征伐波斯的漫长征途，必须买进种种军需品和粮食等物，为此他需要巨额的资金，但他把珍爱的财宝和所有的土地，几乎全部分给臣下了。

他有位部下名叫庇尔狄迦斯，深以为怪，便问亚历山大大帝："陛下带什么启程呢？"

对此，亚历山大回答说：

"我只有一个财宝，那就是'希望'。"

据说，庇尔狄迦斯听了这个回答以后说："那么请允许我们也来分享它吧！"于是庇尔狄迦斯谢绝了分配给他的财产，许多人也仿效了他的做法。

带着"希望"启程的亚历山大大帝最后征服了无数的地方，促进了东西方文化的交流，对人类历史产生了深远的影响。

❧ 再尝试一次，幸福就在门后 ❧

许多时候，失败、打击接踵而至，但即便如此，你也不能放弃、不能退缩。因为只有采取积极进取的态度，吸取值得吸取的教训，才能克服困难，战胜挫折；才能获得成功，找到幸福。

无论是在各种比赛和竞争中，还是在升学求职、在事业上，我们都要在挫折面前采取积极的态度。无论你遇到了怎样的艰难困苦，特别是在遇到巨大的精神压力的时候，你都要顽强地活下去。

如果你对未来失去了信心，那么一切都将是另外一种情景和结果。

对未来幸福的追求，是人生中绝对不可缺少的东西，它是人生的动力，是人生的精神支柱，是人生理想中的永恒的内容。有追求就有希望。

唐代僧人鉴真5次东渡日本失败，他并没有犹豫，也没有就此罢休，仍不改初衷。后来他不顾众人劝阻，训练船工，做了充分的准备，又于公元735年，以66岁高龄，置双目失明于不顾，毅然进行了第6次东渡。最后舰队终于冲破了东海的惊涛骇浪，成功地到达了日本，鉴真最终成为一代高僧。

在实现幸福的征程中，人人都会遇到各种挫折。只有尽自己的最大努力，克服困难，战胜挫折，才能获得成功。

当然，并不是人人都能够达到自己预期的目标的，有的人甚至终生一事无成。

但即使这样，只要尽到了努力，在反省自己时，也会因内心感到宁静而幸福。无论如何，尽了自己的最大努力，我们的生命是无憾无悔的。

第十四章

拆掉思维的墙

❦ 只有打开固定思维这把锁，才能打开心中的锁 ❦

一代魔术大师胡汀尼有一手绝活，他能在极短的时间内打开无论多么复杂的锁，从未失手。

他曾为自己定下一个富有挑战性的目标：要在 60 分钟之内，从任何牢中挣脱出来，条件是让他穿着特制的衣服进去，并且不能有人在旁边观看。

有一个英国小镇的居民，决定向伟大的胡汀尼挑战，有意给他难堪。他们特别打制了一个坚固的铁牢，配上一把看上去非常复杂的锁，请胡汀尼来看看能否从这里出去。

胡汀尼接受了这个挑战。他穿上特制的衣服，走进铁牢中，牢门"哐啷"一声关了起来，大家遵守规则转过身去不看他工作。胡汀尼从

在我们每个人的心中都有一把巨大的锁，它会锁住许多重要的东西，这把锁就是固定思维。遇事时，应该多思考，打开固定思维这把锁，才会使问题出现转机。

衣服中取出自己特制的工具，开始工作。

　　30分钟过去了，胡汀尼用耳朵紧贴着锁，专心地工作着；45分钟，一个小时过去了，胡汀尼头上开始冒汗。两个小时过去了，胡汀尼始终听不到期待中的锁簧弹开的声音。他筋疲力尽地将身体靠在门上坐下来，结果牢门却顺势而开，原来，牢门根本没有上锁，那把看似很厉害的锁只是个摆设。

　　小镇居民成功地捉弄了这位逃生专家，门没有上锁，自然也就无法开锁。但胡汀尼心中的门却上了锁。

　　由此可见，胡汀尼能打开真正的锁，却打不开心中的锁。

只有抓住了问题的关键，才能从根本上解决问题

从前，有一位守园人看守着一座官家园林。

园子中长着一棵毒树，这棵树虽有毒，但长得非常好，大大的枝丫伸向空中就像一把撑开的伞。许多游人来到园中游玩观赏，停在这棵毒树下乘凉休息，结果沾上了毒气，有的头痛欲裂，有的腰酸背痛，有的甚至躺在树下再也起不来了。

守园人知道了这是一棵毒树，又目睹众人在树下休息不是得病就是丧命的遭遇，就决心用斧子砍掉这棵毒树。

他找来一把一丈多长的长柄斧子，远远地站着砍倒了毒树。可奇怪的是，不到十几天，毒树又重新长起来了，而且枝叶变得更加茂盛，团团簇

簇，煞是好看，还有那说不出的种种奇妙之处，众人见了没有不喜欢的。

由于众人不知底细，看到这么一个好地方，都纷纷争着抢着到这棵毒树下来乘凉。可是还没等太阳的影子移开，人们就又遭到了毒害的厄运。

守园人见了，又像以前一样，拿着长柄斧子远远地砍树。可是没多久，树又长出来了，而且长得比被砍之前更加好看。就这样，守园人砍了一次又一次，但每次砍后不久，毒树又重新长出更好看的枝叶来。

那个守园人的族人、亲戚、妻子、儿女、仆人等，都是因贪图在这树荫下乘凉享乐而中毒身亡。只剩下守园人孤身一人，日夜忧愁苦闷，哭哭啼啼地在路上走。

不一会儿，他碰到了一位老者，就向老者哭诉自己的不幸遭遇。

老者听后，对守园人说："你的这些不幸遭遇和痛苦，完全都是你自己造成的！要想堵住流水，就得高筑堤坝；要想砍绝毒树，就必须挖掘树根啊！像你每次砍掉的仅是毒树的枝干，就好比是给毒树修剪枝叶一样，怎么能叫砍树呢？你现在赶紧去挖掉这毒树的根吧！"

❧ 即使在最危急的时刻，也一定会有办法 ❧

1838年9月6日早晨，在英格兰与苏格兰之间的兰斯顿灯塔里，一位年轻的女子格雷思被外面尖锐恐惧的呼叫声惊醒了。

外面正狂风大作，暴雨倾盆如注，海浪在怒吼翻滚，一阵凄厉的呼叫声穿越呼啸的风声与咆哮的波涛声传来，而她的父母却什么也没有听见。

通过望远镜，她看见9个弱小的身影，他们正拼命地抓住一艘失事船只的漂浮木板，而船头却悬挂在了半英里之外的岩石上。

"我们对此无能为力。"灯塔的看守人威廉姆·达琳无可奈何地摇摇头说。

"不，一定会有办法的，想想办法吧。我们必须把他们救出

当处于危急时刻时，多数情形看起来都已无能为力。其实，这只是为逃避努力寻找借口而已。无论是别人还是我们自己，当处于危急时刻时，都不应放弃拯救的机会，因为一定会有办法。最好的办法就是积极思考并行动起来。

来。"女儿含泪苦苦地恳求着父母。

父亲终于动摇了："好吧，格雷思，我就按你的要求去试一试。但我知道这样有悖常理，不合我的判断。"

随后，一叶小舟如同狂风中飘零的一片羽毛一样，在汹涌澎湃的大海上颠簸起伏，穿过疾风骤雨，钻过惊涛骇浪，驶向失事的船只。那些船员们的尖声呼叫将这位孱弱女子的柔弱身躯变成了钢筋铁骨。不知道从哪儿来的一股勇气和力量，这个勇敢的姑娘与父亲一道，奋力地划着桨，在暴风雨中穿行。

最后，9名船员最终得救了，他们安全地到了船上。

"愿上帝保佑你，亲爱的姑娘。没想到您这么一位如此单薄瘦弱的姑娘，却在惊涛骇浪中救了这么多的人。"一位船员难以置信地看着这位女英雄，不禁脱口称赞道。

后来有人评价说："格雷思的所作所为让全英国的人都感到无比光荣，她的英雄气概让高贵的君王在她面前也黯然失色。"

跳出自己的思维定式，才会走出死胡同

著名的心算家阿伯特·卡米洛以前从来没有失算过。

这一天他表演时，有人上台给他出了道题："一辆载着283名旅客的火车驶进车站，有87人下车，65人上车；下一站又下去49人，上来112人；再下一站又下去37人，上来96人；再下一站又下去74人，上来69人；再下一站又下去17人，上来23人……"

那人刚说完，心算大师便不屑地答道："小儿科！告诉你，火车上一共还有——"

"不，"那人拦住他说，"我是请您算出列车一共停了多少站口。"阿伯特·卡米洛呆住了。这位天才的心算家思考的只是老生常谈的数字，但这组简单的加减法却成了他的"滑铁卢"。

真正"滑铁卢"的失败者拿破仑也有一个鲜为人知的故事。

拿破仑被流放到圣赫勒拿岛后，他的一位善于谋略的密友通过秘密方式给他捎来一副用象牙和软玉制成的国际象棋。拿破仑爱不释手，从此一个人默默地下起了象棋，打发着寂寞痛苦的时光。象棋被摸光滑了，他的生命也走到了尽头。

拿破仑死后，这副象棋经过了多次的转手拍卖。后来一个拥有者偶然发现，有一枚棋子的底部居然可以打开，里面塞有一张如何逃出圣赫勒拿岛的详细计划！这位天才的军事家想的只是象棋是用来消遣的，却没有想到象棋里暗藏玄机。

为了以后着想，要做好长远打算

从前，在相邻的两座山上的庙里分别住着两个和尚。两山之间有一条小溪，两个和尚每天都会在同一时间下山去溪边挑水。久而久之，他们便成为好朋友了。

时间飞逝，不知不觉，5年过去了。

有一天，左边这座山的和尚没有下山挑水，右边那座山的和尚心想："他大概睡过头了。"便不以为意。哪知第二天，左边山上的和尚还是没有下山挑水，第三天也一样，过了一个星期，还是一样。直到过了一个月，右边那座山的和尚，终于按捺不住了。他心想："我的朋友可能生病了，我要过去探望他，看看能帮上什么忙。"于是他便爬上了左边这座山去探望他的老朋友。

当他看到他的老友时，却大吃一惊。因为他的老友正在庙前打太极拳，一点也不像一个月没喝水的人。

他好奇地问："你已经一个月没有下山挑水了，难道你不用喝水吗？"

左边山上的和尚说："来来来，我带你去看看。"于是，他带着右边山上的和尚走到庙的后院，指着一口井说："这5年来，我每天做完功课后，都会抽空挖这口井。虽然我们现在年轻力壮，尚能自己挑水喝，倘若有一天我们都年迈走不动时，我们还能指望别人给我们挑水喝吗？所以，即使我有时很忙，但也从来没有间断过我的挖井计划，能挖多少算多少。如今，终于让我挖出井水了，我就不必再下山挑水，我可以有更多的时间来练习我喜欢的太极拳了。"

❧尽可能地选择新视角，力争看到事物的不同面❧

古代有一个国王缺少一只眼睛和一条腿。

有一次，国王心血来潮，让宫廷画师给自己画像。第一位画师是个老实人，他规规矩矩地画出了国王的本来面目——又瞎又瘸。

国王看后不禁怒从心头起，心想："这个可恶的画师竟敢把我画得如此丑陋，真是该杀。"于是这个老实本分的画师被杀掉了。

国王仍不甘心，便又找了第二个画师来给自己画像，这个画师知道了前边那个同行的悲惨结局，再也不敢照实描绘国王的缺陷了。他在画布上画了一个双眼明亮两腿矫健的国王，心想这下国王该满意了吧，不曾想国王一见画像大发雷霆，骂道："你这该死的东西！这难道还是我吗？"结果，第二个画师也没有逃出被杀害的命运。

这下国王的画师们谁都不敢再给国王画像了，没想到有个小画工自告奋勇地说他要给国王画像，这下可把画师们着实地吓了一跳。小画工画啊画啊，终于给国王画好了。国王一见画像，紧绷的脸变得柔和起来，最后他笑了，直夸小画工聪明。

原来，这个机灵的小画工既没有像第一个画师那样把国王的缺陷完全表现在画布上，也没有像第二个画师那样不顾实际。

机灵的小画工画的国王是这样的：侧身骑在马上，残缺的那条腿隐在马鞍的一侧，双手举着猎枪，眯着一只眼在瞄准，而这只眼正是那只瞎眼。这样一安排，画面上则是一个英姿勃发、骑马打猎的国王，看不出任何缺陷，可谁也不能说他像第二个画师那样改变了国王的本来面目。

那个挑剔的国王这次毫不吝啬地奖励了那个小画工。

山穷水尽时，应该另辟蹊径

20世纪二三十年代，美国经济处于大萧条之中，各行各业普遍不景气。在多伦多有位年轻人，是一位画家，当时他家很贫穷。这个画家非常善于画木炭画，但受环境的限制，画得再好也卖不出去。

年轻人整天想着如何把自己的画卖出去，以靠这笔收入养家糊口。但是，人们连饭都吃不上，谁有能力去买画呢？更何况，他只不过是个无名小卒。

后来，年轻人明白，要想靠卖画来养家，只能到富人那里去开拓市场。问题又来了，他的身边没有富人，他也根本不认识有钱人，又怎么跟他们接近呢？

对此他苦思冥想，最后他来到多伦多《环球邮政》报社资料室，从那里借了一份画册，其中有加拿大的一家银行总裁的正式肖像。他回到家，开始画起来。画完了，他把它放在相框里，装订得端端正正的。画得不错，对此他很自信。

但他怎样才能交给对方呢？他在商界没有朋友，所以想得到引见是不可能的。他也知道，如果贸然与对方约会，肯定会被拒绝。写信要求见对方，但这种信可能通不过这位大人物的秘书那一关。这位年轻的画家对人性略知一二，他知道，要想穿过总裁周围的层层阻挡，他必须要抓住对方追求名利的心理，投其所好。

他梳好头发，穿上最好的衣服，来到了总裁的办公室，并要求与他见面。果然不出所料，秘书拦住了他，告诉他事先如果没有约好，想见总裁是不可能的。

"真糟糕，"年轻人说道，同时把画的保护纸揭开，"我只是想拿这个给他瞧瞧。"

秘书看了看画，把它接了过去。她犹豫了一会儿后，说道：

　　当处于山穷水尽时，千万不可气馁，也不可就此驻足不前，而应该另辟蹊径，试着用别的方法向自己的目标迈进。只有这样，才可以从另一种途径达到自己的目的。

　　"坐下吧，我就回来。"秘书马上回来了，并对他说："总裁想见你。"

　　当画家进去时，总裁正在欣赏那幅画。"你画得棒极了，"他说，"这张画你想要多少钱？"年轻人舒了一口气，告诉他要100美元，结果成交了。要知道，当时的100美元，可是一笔不小的收入。

❧ 在危机状况下，要保持冷静并正确思考 ❧

在第二次世界大战期间，一艘美国驱逐舰停泊在某国的港湾，那天晚上万里无云，明月高照，一片宁静。

一名士兵按例巡视全舰时突然停步站立不动，他看到一个乌黑的大东西在不远的水上浮动着。他惊骇地看出那是一枚触发水雷，可能是从一处雷区脱离出来的，正随着退潮慢慢向着舰身中央漂来。

士兵抓起舰内通讯电话机，通知了值日官，值日官立刻快步跑来。他们也很快地通知了舰长，并且发出全舰戒备讯号，全舰立时动员了起来。

官兵们都愕然地注视着那枚慢慢漂近的水雷，大家都了解眼前的状况，灾难即将来临。

官兵们立刻提出各种办法。他们该起锚走吗？不行，没有足够时间。发动引擎使水雷漂移开？不行，因为螺旋桨转动只会使水雷更快地漂向舰身。以枪炮引发水雷？也不行，因为那枚水雷太接近舰里面的弹药库。那么该怎么办呢？放下一支小艇，用一支长杆把水雷拨走？这也不行，因为那是一枚触发水雷，同时也没有时间去拆下水雷的雷管。

悲剧似乎是没有办法避免了。

有一名水兵一直没有说话，他一直在冷静地思索着。突然，这名水兵想出了一个更好的办法。"把消防水管拿来。"这名水兵大喊着。

大家立刻明白，这个办法的确有道理。他们向舰艇和水雷之间的海面喷水，制造出了一条水流，把水雷带向远方，然后再用舰炮引炸了水雷。

一场险情就这样被化解了。

第十五章

心有多大，舞台就有多大

信念像一面旗帜，能给人以无穷的精神力量

　　信念是一种无形的力量，它就像一面旗帜，不断鼓舞人心，让人精神振奋。在信念的感召之下，困难都会迎刃而解，烦恼和痛苦也无法阻挡前进的脚步。只要我们心中怀有一个坚定的信念，并且坚持下去，走向成功就不是什么难事。

罗杰·罗尔斯是美国纽约州历史上第一位黑人州长。他出生在纽约声名狼藉的大沙头贫民窟。这里环境肮脏，充满暴力，是偷渡者和流浪汉的聚集地。在这儿出生的孩子，有不少从小逃学、打架、偷窃甚至吸毒，长大后很少有人从事体面的职业。然而，罗杰·罗尔斯是个例外，他不仅考入了大学，而且还成了州长。

在记者招待会上，一位记者向他提问："是什么把你推向州长宝座的？"面对三百多名记者，罗尔斯对自己的奋斗史只字未提，只谈到了他上小学时的校长——皮尔·保罗。

1961年，皮尔·保罗被聘为诺必塔小学的董事兼校长。当时正是美国嬉皮士流行的时代，他走进大沙头诺必塔小学的时候，发现这儿的穷孩子比"迷惘的一代"还要无所事事。他们不与老师合作，旷课、斗殴，甚至砸烂教室的黑板。皮尔·保罗想了很多办法来引导他们，可是没有奏效。后来他发现这些孩子都很迷信，于是在他上课的时候就多了一项内容——给学生看手相。他用这个办法来鼓励学生。

当罗尔斯从窗台上跳下，伸着小手走向讲台时，皮尔·保罗说："我一看你修长的小拇指就知道，将来你是纽约州的州长。"当时，罗尔斯大吃一惊，因为长这么大，只有他奶奶让他振奋过一次，说他可以成为5吨重的小船的船长。这一次，皮尔·保罗先生竟说他可以成为纽约州的州长，着实出乎他的预料。他记下了这句话，并且相信了它。

从那天起，"纽约州州长"就像一面旗帜激励着他。罗尔斯的衣服不再沾满泥土，说话时也不再夹杂污言秽语，他开始挺直腰杆走路。在以后的四十多年间，他没有一天不按州长的标准要求自己。51岁那年，他终于成了州长。

在就职演说中，罗尔斯说："信念值多少钱？信念是不值钱的，它有时甚至是一个善意的欺骗，然而你一旦坚持下去，它就会迅速增值。"

☞ 找到自己的优点，确定属于自己的位置 ☜

喜剧大师查理·卓别林出生在一个贫寒的演员家庭，一岁时父母离异，他跟随母亲生活。

他母亲 16 岁就开始在剧团演主角，卓别林认为，"她有足够的资格当一名红角儿"。但是她的嗓子常常失润，喉咙容易感染，稍微受了点儿风寒就会患喉炎，一病就是几个星期，然而又必须继续演唱，于是她的声音就越来越差了。

卓别林 5 岁那年的一天晚上，他又一次和母亲去一家下等戏馆演唱。母亲不愿意把他一个人留在那间分租的房子里，晚上常常带他上戏院。

那天晚上，卓别林站在条幕后面看戏，只见他母亲的嗓子又哑了，声音低得像是在说悄悄话。听众开始嘲笑她，有的憋着嗓子唱歌，有的学猫怪叫。他糊里糊涂，也闹不清楚发生了什么事情。但是噪声越来越大，最后母亲不得不离开了舞台，并在条幕后面跟舞台上管事的顶起嘴来。管事的以前曾看到卓别林表演过，就建议让卓别林上场。

在一片混乱中，管事的搀着 5 岁的卓别林走上台，向观众解释了几句，就把卓别林一个人留在舞台上了。面对着灿烂夺目的脚灯和烟雾迷蒙中的人脸，卓别林唱起歌来："一谈起杰克·琼斯，哪一个不知道……可是，自从他有了金条，这一来他可变坏了……"

卓别林刚唱到一半，钱就像雨点儿似的扔到台上来。他立即停下，说他必须先拾起钱，然后才可以接下去唱。这几句话引起了哄堂大笑。舞台管事的拿着一块手帕走过来，帮着他拾起了那些钱。卓别林以为他是要自己收了去，就把这想法向观众说了出来，这一来他们就笑得更欢了。管事的拿着钱走过去，卓别林又急巴巴地紧跟着他，直到管事的把钱交给他母亲，他才返回舞台继续唱。台下的观众笑的笑，叫的叫，还有的吹口哨，气氛更为热烈……

受到这种鼓励，卓别林也来了劲，他无拘无束地和观众们谈话，给他们表演舞蹈，还做了几个模仿动作。有一个节目是模仿他母亲唱一支爱尔兰进行曲："赖利，赖利，就是他那个小白脸叫我着了迷，赖利，赖利，就是那个小白脸中了我的意……那位高贵的绅士，他叫赖利。"在唱歌的时候，他把母亲那种沙哑的声音也模仿得惟妙惟肖，观众被这个 5 岁的小男孩逗得捧腹大笑，扔上了很多钱。

卓别林后来回忆说："那天夜里在台上露脸，是我的第一次，也是母亲的最后一次。"正是那次表演，卓别林找到了自己的优点，确定了自己的位置，从而走上了一条成功之路。

世上没有完不成的心愿，也没有办不到的事情，只有我们想不到的事情和不愿意去做的事情。不管你的心愿有多少，也不管它们有多么不可思议，只要你愿意，只要你用心去努力，就会有实现的一天。

第十五章
心有多大，舞台就有多大

✿如果你不敢尝试，你就没有实现梦想的机会✿

约翰·坦普登的高中时代是在田纳西州的温彻斯特度过的，他内心里经常梦想着有朝一日成为一家大公司的总裁。虽然这只是他17岁时的梦想，但也是他人生设计的萌芽。

进入耶鲁大学后不久，约翰·坦普登的兴趣就从经营一般企业转移到研究评断公司财务之上。大学二年级时，他的父母由于生活拮据而无法再继续供他念书，迫使他陷入不知是该休学就业，还是该半工半读的窘状。要做这个决定非常困难，但因为约翰有自己的梦想，因此他最后做出了决定：无论如何都要坚持到毕业。他做到了，不但每学期都取得了优异的成绩，而且还利用奖学金及一份兼差工作解决了学费与伙食费的问题。3年后，他除获得经济学士学位外，同时还获得著名的路德奖学金，并取得全国优等生俱乐部耶鲁分会会长的头衔，以极其优异的成绩毕业。以后的两年，他前往英国牛津大学攻读硕士。此行对于他将来从事财务经营有很大的影响。

约翰回到美国后，便与一名田纳西女子结婚。随后，他前往纽约，正式开始追求自己的梦想。他的起步是一家颇具规模的证券公司，他在公司里的职务是投资咨询部办事员。

不久，朋友告诉他有一家公司正在征聘年轻上进的财务经理。这家公司的名称是"国家地理勘察公司"，是一家石油勘探公司。约翰听说之后，便前往应聘，因为他认为这家公司可让他进一步学到许多有关财务经营方面的东西，于是他就进了这家公司，一干就是 4 年。4 年之后，虽然这家公司业务非常稳定，而且他的表现也不错，但是他觉得能学的也学得差不多了，他开始怀念起老本行了。于是，一咬牙，他又回到早先的那家证券公司工作，并等待机会。最后，机会终于被他等到了，一名资深职员即将退休，这个人拥有 8 个相当有实力的客户，欲以 5000 美元出让。

这对约翰来说是相当大的赌注，5000 美元相当于他的全部财产，若此举失败，他将会变得一贫如洗。而且，这些客户接下来以后，能不能留住还是问题。这时约翰再一次面对重大选择。最后，他一心想自立门户的雄心战胜一切，他接下了这 8 名客户，并且立即前往拜访，十分坦率而且诚挚地向他们说明自己的理想与设计，客户都被他的热情与直率所感动，都表示愿意考察一段时间。当时，约翰才 28 岁。

两年的岁月很快就过去了，约翰几乎每天都在为员工薪金及管理费用忙得焦头烂额。有时候，他连自己的薪金都拿不出来。两年期间，公司便是在这种拮据的情形下惨淡经营，虽然如此，公司要求的服务品质并没有降低，反而愈来愈高。熬到第三年，终于苦尽甘来，公司业务开始蒸蒸日上，客户也有显著增加，约翰自己创业的梦想终于实现了。

后来，他成为一家投资咨询公司的总裁，拥有将近一亿美元的资产，并兼任某大型互助银行的常务董事及数家公司董事。

❧ 无论是谁，都有比其他人做得更好的地方 ❧

迈可·兰顿生的奋斗事迹照亮了许多人的人生之路，成为很多人景仰的英雄。

他生长在一个不太和睦的家庭里。在他小的时候，母亲经常闹着要自杀，当火气一来便抓起吊衣架追着他毒打。就是因为生活在这样的环境中，所以他自幼就有些畏缩而身体瘦弱。然而日后在那部叫座的电视影片《草原上的小屋》中，他却扮演了那个殷格索家庭的一家之主，他那坚毅而充满自信的性格给大家留下了深刻的印象。可是，迈可的人生为什么会有这样的改变呢？

在他读高中一年级时的一天，体育老师把这一班的学生带到操场去教他们如何掷标枪，而这一次的经验就此改变了他后来的人生。在此之前，不管他做什么事都是畏畏缩缩的，对自己一点自信都没有。可是那天奇迹出现了，他奋力一掷，只见标枪越过了其他同学的纪录，多出了足足有 30 英尺。就在那一刻，迈可知道了自己的前途大有可为。在其日后面对《生活杂志》的采访时，他回想道："就在那一天我才突然知道，原来我也有能比其他人做得更好的地方。当时便请求体育老师借给我这支标枪，在那年整个夏天里我就在运动场上掷个不停。"

迈可发现了使他振奋的未来，而他也全力以赴，结果有了惊人的成绩。那年暑假结束返校后，他的体格已有了很大的改变，而随后的一整年中，他特别加强重量训练，使自己的体能更往上提升。高三时的一次比赛，他掷出了全美高中生最好的标枪纪录，因而也让他赢得体育奖学金。这个人生的转变套句他自己的话就是：可真是一只小老鼠变成了一只大狮子。

把空想和行动结合起来，空想才有价值

　　有位乡下青年，是一个诗歌爱好者，他从 7 岁起就开始进行诗歌创作，但由于地处偏僻，一直得不到名师的指点。有一年夏天，他因仰慕一位文学大师，故千里迢迢地前来登门拜访年事已高的文学大师，以寻求文学上的指导。

　　这位青年诗人虽然出身贫寒，但谈吐优雅，气度不凡。与文学大师谈得非常融洽，文学大师对他非常欣赏。临走时，青年诗人留下了薄薄的几页诗稿。文学大师读了这几页诗稿后，认定这位乡下小伙子在文学上将会前途无量，决定凭借自己在文学界的影响大力提携他。

　　文学大师将那些诗稿推荐给文学刊物发表，但反响不大。他希

　　每个人都曾有过空想，适度的空想对人有一定的积极作用，但如果不行动，只是一味地陷入空想状态中就有些危险了。只有把空想和行动结合起来，空想才有价值，否则，空想只能是空想。

望这位青年诗人继续将自己的作品寄给他。于是，他们开始了频繁的书信来往。

青年诗人的信一写就长达几页，大谈特谈文学问题，激情洋溢，才思敏捷，表明他的确是个天才诗人。文学大师对他的才华大为赞赏，在与友人的交谈中经常提起这位诗人。青年诗人很快就在文坛有了一点小小的名气。但是，这位青年诗人以后再也没有给他寄诗稿来，信却越写越长，奇思异想层出不穷，言语中开始以著名诗人自居，语气越来越傲慢。

文学大师开始感到不安。凭着对人性的深刻洞察，他发现这位年轻人身上出现了一种危险的倾向。通信一直在继续。文学大师的态度逐渐变得冷淡，成了一个倾听者。

很快，秋天到了。文学大师去信邀请这位青年诗人前来参加一个文学聚会。他如期而至。

在这位文学大师的书房里，俩人有一番对话：

"后来为什么不给我寄稿子了？"

"我在写一部长篇史诗。"

"你的抒情诗写得很出色，为什么要中断呢？"

"要成为一个大诗人就必须写长篇史诗，小打小闹是毫无意义的。"

"你认为你以前的那些作品都是小打小闹吗？"

"是的，我是个大诗人，我必须写大作品。"

"也许你是对的。你是个很有才华的人，我希望能尽早读到你的大作品。"

"谢谢，我已经完成了一部，很快就会发表。"

文学聚会上，这位被文学大师所欣赏的青年诗人大出风头。他逢人便谈他的伟大作品，表现得才华横溢、咄咄逼人。虽然谁也没有拜读过他的大作品，即便是他那几首由文学大师推荐发表的小诗也很少有人拜读过。但几乎每个人都认为这位年轻人必将成大器。否则，文学大师能如此欣赏他吗？转眼间，冬天到了。

青年诗人继续给文学大师写信，但从不提起他的大作品。信越写越短，语气也越来越沮丧。直到有一天，他终于在信中承认，长时间以来他什么都没写。以前所谓的大作品根本就是子虚乌有之事，完全是他的空想。

他在信中很诚恳地写道：

"很久以来我就渴望成为一个大作家，周围所有的人都认为我是个有才华、有前途的人，我自己也这么认为。我曾经写过一些诗，并有幸获得了您的赞赏，我深感荣幸。

"使我深感苦恼的是，自此以后，我再也写不出任何东西了。不知为什么，每当面对稿纸时，我的脑中便一片空白。我认为自己是个大诗人，必须写出大作品。在想象中，我感觉自己和历史上的大诗人是并驾齐驱的，包括和尊贵的您。

"在现实中，我对自己深感鄙弃，因为我浪费了自己的才华，再也写不出作品了。而在想象中，我是个大诗人，我已经写出了传世之作，已经登上了诗坛的宝座。

"请您原谅我这个狂妄无知的乡下小子……"

从那以后，文学大师再也没有收到这位青年诗人的来信。

第十六章

学会爱，超越爱

无论在什么时候，爱总是永恒不败的

　　玛莎10岁了，两个月前父亲不幸身亡，玛莎只有和多病的母亲相依为命。

　　明天就是圣诞节了，母亲给了玛莎仅有的5美元，让她上街给自己买一件自己喜欢的圣诞礼物。玛莎拿着钱找到了妈妈的主治医生奥克多医生。玛莎把5美元递给奥克多医生，并小声请求道："奥克多医生，您能帮我母亲做一次腰椎按摩吗？"

　　奥克多医生摇了摇头，无奈地说道："玛莎，5美元不够的——最少也得 50 美元……"玛莎失望地走出了诊所。

玛莎走在大街上，发现大街上的一个角落里围了很多人，她挤进去一看，是一个街头的轮盘赌局。轮盘上依次刻着 26 个阿拉伯数字，每个数字对应一个英文字母。赌局规则是：不管你押多少钱，也不管你押什么数字，只要轮盘转两圈后，指针能停在你的选择上，那么你都将获得 10 倍的回报。

玛莎犹豫了一会儿：如果我赢了的话，就可以让医生给妈妈做腰椎按摩了。

玛莎把手中的 5 美元放在了第十二格上。轮盘转两圈后，真的停在了第十二格，玛莎的 5 美元变成了 50 美元。

第二局开始了，轮盘再次旋转，玛莎把 50 美元放在了第十五格。玛莎又赢了，50 美元变成了 500 美元。人们开始注意玛莎。

庄家问："孩子，你还玩吗？"玛莎没有回答。

第三局又开始了，玛莎看着轮盘，把 500 美元放在了第二十二格。结果，她拥有了 5000 美元。

庄家的声音颤抖了："孩子，继续吗？"玛莎没有理会，认真地望着轮盘。

第四局开始时，玛莎镇定地把 5000 美元押在了第五格。所有的人都屏住了呼吸。不到一分钟后，有人忍不住惊呼："上帝啊，她又赢了！"

庄家快哭了："孩子，你……"

玛莎看了看庄家认真地说道："我不玩了，这些钱足够请奥克多医生为我妈妈做长期的按摩了——我非常爱我的妈妈！"

玛莎走出人群后，旁观的人看着她的身影，有人开始计算连续 4 次猜对的概率有多少。庄家则像个呆子似的凝望着自己的轮盘。突然，他喊道："我知道我输在哪里了，这孩子是用她的'爱'在跟我赌博啊！"

这时旁观的人们这才注意到，玛莎投注的"12、15、22、5"4 个数字，对应的英文字母正是"L、O、V、E"，因为"爱"总是永恒不败的！

告诉你要感谢的人，他们对你是重要的

一位在纽约任教的老师决定告诉她的学生他们是如何重要。她将学生逐一叫到讲台上，然后告诉大家这位同学对整个班级和对她的重要性，再给每人一条蓝色缎带，上面以金色的字写着："我是重要的。"

之后那位老师想做一个班上的研究计划，来看看这样的行动对一个社区会造成什么样的冲击。她给每个学生3个缎带别针，教他们出去给别人相同的感谢仪式，然后观察所产生的结果，一个星期后回到班级报告。

班上一个男孩子到邻近的公司去找一位年轻的主管，因他曾经指导他完成生活规划。那个男孩子将一条蓝色缎带别在他的衬衫上，并且又多给了2个别针，接着解释："我们正在做一项研究，我们必须把蓝色缎带送给自己感谢和尊敬的人，再给他们多余的别针，让他们也能向别人进行相同的感谢仪式。下次请告诉我这么做产生的结果。"

过了几天，那位年轻主管去看他的老板。从某些角度而言，他的老板是个易怒、不易相处的人，但极富才华，他向老板表示十分仰慕他的创作天分，老板听了十分惊讶。那位年轻主管接着要求他接受蓝色缎带，并允许他帮他别上。一脸吃惊的老板爽快地答应了。

那位年轻人将缎带别在老板左胸前正上方的外套上，并将所剩的别针送给他，然后对他说："您是否能把这缎带也送给您所感谢的人？这是一个男孩子送我的，他正在进行一项研究。我们想让这个感谢的仪式延续下去，看看对大家会产生什么样的效果。"

那天晚上，那位老板回到家中，坐在14岁儿子的身旁，告诉他："今天发生了一件不可思议的事。在办公室的时候，有一个年轻的同事告诉我，他十分仰慕我的创造天分，还送我一条蓝色缎带。他认为我的创造天分如此值得尊敬，甚至将印有'我很重要'的缎带别在我的夹克上，还多送我一个别针，让我也送给自己感谢和尊敬的人，当我今晚开车回家时，就开始思索要把别针送给谁呢？我想到了你，你就

是我要感谢的人。

"这些日子以来，我回到家里并没有花许多精力来照顾你、陪你，我真是感到惭愧。有时我会因你的学习成绩不够好、房间太过脏乱而对你大吼大叫。但今晚，我只想坐在这儿，让你知道你对我有多重要，除了你妈妈之外，你是我一生中最重要的人。好孩子，我爱你。"

他的孩子听了十分惊讶，他开始呜咽啜泣，最后哭得无法自制，身体一直颤抖。他看着父亲，泪流满面地说："爸，我原本计划明天要自杀，我以为你根本不爱我，现在我想那已经没有必要了。"

在我们的一生中，我们要感谢的人很多，但出于某些原因，我们却很少表达出来。心中有爱，却不表达出来，这实在是一件遗憾的事。该表达时，就应该告诉你要感谢的人，他们对你是重要的。这样不仅能加深彼此的情感，还会给别人带来光明，从而化解彼此的误会。

爱心在哪里开花，就会在哪里结果

有一个名叫弗西姆的妇人，住在波斯尼亚的一个小村庄里，她有两个可爱的儿子和一个善良的丈夫。她的丈夫在奥地利工作，有一天，她丈夫从奥地利带回两条金鱼，养在鱼缸里。

不久，波斯尼亚战争爆发了，弗西姆的丈夫为国家献出了生命，而战火也毁灭了他们的家园，弗西姆只好带着孩子到他乡逃难。临行前，弗西姆并没有忘记那两条金鱼，因为那也是两条生命啊，她爱惜它们，而且它们还是丈夫给自己和孩子的礼物。于是，她把金鱼轻轻地放入一个小水坑里，

爱心是人类高尚的情感，一个有爱心的人，也会被别人所爱。要表达自己的爱心是件很容易的事，重要的是，不要放弃任何表达爱心的机会。我们要相信，爱心不管在哪里开花，终究有一天会在哪里结出果实。

然后出发了。

几年以后，战争结束了，弗西姆和孩子们重返家园。而家乡仍是一片废墟。弗西姆不知道怎么才能使自己的家重现生机。

忽然，她发现，在她曾放入金鱼的小水坑里，浮动着点点金光，原来是一群可爱的小金鱼。它们一定是那两条金鱼的后代。弗西姆突然间看到了希望，她想到了丈夫的鼓励。她和孩子们精心饲养起那些金鱼来。她相信，生活会像金鱼一样，越来越好。

弗西姆和金鱼的故事逐渐流传开来。人们为这个故事而感动，并从各地赶来，观赏这些金鱼，当然，走的时候也不会忘记买上两条金鱼带回家。也许，那金鱼象征着希望。没用多长时间，弗西姆和孩子们凭着卖金鱼的收入，过上了幸福的生活。

不得不承认，这一切都得益于弗西姆的爱心，她没有放弃任何表达爱心的机会，哪怕只是拯救两条金鱼。

给予别人一份爱，比接受一份爱更快乐

圣诞节时，保罗的哥哥送给他一辆新车。

圣诞节当天，保罗离开办公室时，一个男孩绕着那辆闪闪发亮的新车，十分赞叹地问："先生，这是你的车？"

保罗点点头："这是我哥哥送给我的圣诞节礼物。"男孩满脸惊讶，支支吾吾地说："你是说这是你哥哥送的礼物，没花你半毛钱？我也好希望能……"

当然，保罗以为他是希望能有个送他车子的哥哥，但那男孩却说："我希望自己能成为送车给弟弟的哥哥。"

保罗惊愕地看着那男孩，冲口而出地邀请他："你要不要坐我的车去兜风？"

男孩兴高采烈地坐上车，绕了一小段路之后，那孩子眼中充满兴奋地说："先生，你能不能把车子开到我家门前？"

保罗微笑，他心想那男孩必定是要向邻居炫耀，让大家知道他坐了一部大车子回家。没想到保罗这次又猜错了。"你能不能把车子停在那两个阶梯前？"男孩要求。

男孩跑上了阶梯，过了一会儿，保罗听到他回来的声音，但动作似乎有些缓慢。原来他带着跛脚的弟弟出来，将他安置在台阶上，紧紧地抱着他，指着那辆新车。

只听那男孩告诉弟弟："你看，这就是我刚才在楼上告诉

你的那辆新车。这是保罗他哥哥送给他的！将来我也会送给你一辆同样的车，到那时候你便能去看看那些挂在窗口的圣诞节漂亮饰品了。"

保罗走下车子，将跛脚男孩抱到车子的前座。那男孩也上了车，坐在弟弟的旁边。就这样，他们3人开始一次令人难忘的兜风。

在这个圣诞节，保罗明白了一个道理：给予比接受令人更快乐。

卢梭说过，人在心中应该设身处地想到的不是那些比我们更幸福的人，而是那些比我们更值得同情的人。同情别人，最好的礼物就是爱。送一份爱给别人，比接受一份爱更快乐。

☙ 奉献一点爱心，就可以收获美好的人生 ☙

乔治是华盛顿一家保险公司的营销员。

有一次他为女友买花，认识了一家花店的老板本。其实也只是认识而已，他总共只在本的花店里买过两次花。

后来，乔治因为为客户理赔一笔保险费，被莫名其妙地控以诈骗罪投入监狱，他要坐10年的牢。听到这个消息后，他的女友离开了他。他更是心灰意冷了，因为10年的时间太长了，他过惯了热烈、激情的生活，不知自己该如何打发这漫长的既没有爱，也看不到光明的日子，他对自己一点儿信心也没有了。

乔治在监狱里过了郁闷的第一个月，他几乎要疯了。这时，有人来看他。他有些纳闷，在华盛顿他没有一个亲人，他想不出有谁还记着他。

在会见室里，他不由地怔住了，原来是花店的老板本。本给他带来了一束花。

虽然只是一束花，却给乔治的牢狱生活带来了生机，也使他看到了人生的希望。他在监狱里开始大量地读书，钻研电子科学。

6年后，他获释。他先在一家电脑公司做雇员，不久自己开了一家软件公司，两年后，他身价过亿。

成为富豪的乔治去看望本，却得知本已于两年前破产了，一家人贫困潦倒，举家迁到了乡下。

乔治把本一家接回来，给本一家买了一套楼房，又在公司里为本留了一个位置。乔治说："是你那年的一束花使我留恋人世的爱和温暖，给予了我战胜厄运的勇气，无论我为你做什么，都不能回报当年你对我的帮助，我想以你的名义捐一笔钱给北美机构，让天下所有不幸的人都感受到你博大的爱心。"

后来，乔治果然捐了一大笔钱出来，成立了"华盛顿·本陌生人爱心基金会"。

奉献一点爱心，去爱每一个人，是每个人都很容易做到的事。一句话、一个微笑、一束花就够了，这对我们来说并没有什么，但可以帮助别人走出困境，同时也会使自己的人生更加美好。

爱，需要自由的空间

莉莎和男朋友分手了，处在情绪低落中，从他告诉她应该停止见面的一刻起，莉莎就觉得自己整个被毁了。她吃不下睡不着，工作时注意力集中不起来。人一下消瘦了许多，有些人甚至认不出莉莎来。一个月过后，莉莎还是不能接受和男朋友分手这一事实。

一天，她坐在教堂前院子的椅子上，漫无边际地胡思乱想着。不知什么时候，身边来了一位老先生。他从衣袋里拿出一个小纸口袋开始喂鸽子。成群的鸽子围着他，啄食着他撒出来的面包屑，很快就飞来了上百只鸽子。他转身向莉莎打招呼，并问她喜不喜欢鸽子。莉莎耸耸肩说："不是特别喜欢。"他微笑着告诉莉莎："当我是个小男孩的时候，我们村里有一个饲养鸽子的男人。那个男人为自己拥有鸽子感到骄傲。但我实在不懂，如果他真爱鸽子，为什么把它们关进笼子，使它们不能展翅飞翔，所以我问了他。他说：'如果不把鸽子关进笼子，它们可能会飞走，离开我。'但是我还是想不通，你怎么可能一边爱鸽子，一边却把它们关在笼子里，阻止它们要飞的愿望呢？"

莉莎有一种强烈的感觉，老先生在试图通过讲故事，给她讲一个道理。虽然他并不知道莉莎当时的状态，但他讲的故事和莉莎的情况太接近了。莉莎曾经强迫男朋友回到自己身边。她总认为只要他回到自己身边，一切都会好起来的。但那也许不是爱，只是害怕寂寞罢了。

老先生转过身去继续喂鸽子。莉莎默默地想了一会儿，然后伤心地对他说："有时候要放弃自己心爱的人是很难的。"他点了点头，但是，他说："如果你不能给你所爱的人自由，你就不是真正地爱他。"

长相厮守的意义不是用柔软的爱捆住对方，而是让他带着爱自由飞翔。

生活中一些事情常常是物极必反的：你越是想得到他的爱，越要他时时刻刻不与你分离，他越会远离你，背弃爱情。你多大幅度地想拉人向左，他则多大幅度地向右荡去。

所以我们应该让爱人有自己的天地去做他的工作，譬如集邮，或是其他任何爱好。在你看起来，他的嗜好也许傻里傻气，但是你千万不可嫉妒它，也不要因为你不能领会这些事情的迷人之处就厌恶它。你应该适时地迁就他。

爱人有了特殊的嗜好以后，我们还必须给他另外一个好处：有些时候要让他独自去做他喜爱的事，使他觉得拥有真正属于自己的东西。

毫无疑问，爱人时常需要从捆在他脖子上的爱的锁链里挣脱出来。如果我们能够帮助并支持他们，去培养一些有趣的嗜好——并且给他们合理的机会享受完全的自由——那么我们就是在做一些使他们快乐的事了。

✿时间越久，越能体现出爱的深沉与伟大✿

从前，有一个小岛，上面住着快乐、悲哀、知识和爱，还有其他各类情感。

一天，情感们得知小岛快要下沉了。大家都准备船只，决定离开小岛，只有爱留了下来，它想要坚持到最后一刻。

过了几天，小岛真的要下沉了，爱想请人帮忙。

这时，富裕乘着一艘大船经过。

爱说："富裕，你能带我走吗？"

富裕答道："不，我的船上有许多金银财宝，没有你的位置。"

爱看见虚荣在一艘华丽的小船上，说："虚荣，帮帮我吧！"

"我帮不了你，你全身都湿透了，会弄坏了我这漂亮的小船。"

悲哀过来了，爱向它求助："悲哀，让我跟你走吧！"

"哦……爱，我实在太悲哀了，想独自待一会儿！"悲哀答道。

快乐走过爱的身边，但是它太快乐了，竟然没有听到爱在叫它！

突然，一个声音传来："过来！爱，我带你走。"

这是一位长者。爱大喜过望，竟忘了问它的名字。登上陆地以后，长者独自走开了。

爱对长者感恩不尽，问知识老人："帮我的那个是谁？"

"他是时间。"知识老人答道。

"时间？"爱问道，"它为什么要帮我？"

知识老人笑道："因为只有时间才能理解爱有多么伟大。"

世事本不完美，人生当有不足

放慢脚步，才能欣赏到沿途的风景

　　一位年轻的总裁，以较快的车速，开着他的新车经过住宅区的巷道。他必须小心游戏中的孩子突然跑到路中央，所以当他觉得小孩子快跑出来时，就要减慢车速，就在他的车经过一群小朋友的时候，他的车门被一个小朋友丢的一块砖头打到了，他很生气地踩了刹车并后退到砖头丢出来的地方。

他走出车外，抓住那个小孩，把他顶在车门一旁说："你知道你刚刚做了什么吗？"接着又吼道，"你知不知道你要赔多少钱来修理这辆新车？你到底为什么要这样做？"

小孩哀求着说："先生，对不起，我不知道我还能怎么办，我丢砖块是因为没有人停下来。"小孩一边说一边流着眼泪。

他接着说："我哥哥从轮椅上掉下来，我没办法把他抬回去。"那男孩啜泣着说，"您可以帮我把他抬回去吗？他受伤了，而且他太重了我抱不动。"

这位年轻的总裁听到这些话后深受感动，他决定帮这个小男孩的哥哥一把，于是他抱起男孩受伤的哥哥，帮他坐回轮椅上，并拿出手帕擦拭他哥哥的伤口。

那个小男孩感激地说："谢谢您，先生，上帝保佑您。"然后男孩推着他哥哥离开了。年轻的总裁慢慢地、慢慢地走回车上，他决定不修它了。他要让那个凹洞时时提醒自己，不要等周围的人丢砖块过来了，自己才注意到生命的脚步已走得太快。

❧把工作当作一件快乐的事情，就不会再有紧张❧

　　非洲的某个土著部落迎来了从美国来的旅游观光团，部落里的人们虽然还没有什么市场观念，可面对这样好的赚钱商机，自然也是不会放过。

　　部落中有一位老人，他正悠闲地坐在一棵大树下面，一边乘凉，一边编织着草帽，编完的草帽他会放在身前一字排开，供游客们挑选购买。他编织的草帽造型非常别致，而且颜色的搭配也非常巧妙，可以称得上是巧夺天工了，游客们纷纷驻足购买。

　　这时候一位精明的商人看到了老人编织的草帽，他脑袋里立刻盘算开了，他想："这样精美的草帽如果运到美国去，我敢保证一定卖个好价钱，至少能够获得 10 倍的利润吧。"

　　想到这里，他不由激动地对老人说："朋友，这种草帽多少钱一顶呀。"

　　"10 块钱一顶。"老人冲他微笑了一下，继续编织着草帽，他那种闲适的神态，真的让人感觉他不是在工作，而是在享受一种美妙的心情。

　　"天哪，如果我买 10 万顶草帽回到国内去销售的话，我一定会发大财的。"商人欣喜若狂，不由得为自己的经商天才而沾沾自喜。

于是商人对老人说："假如我在你这里定做 1 万顶草帽的话，你每顶草帽给我优惠多少钱呀？"

他本来以为老人一定会高兴万分，可没想到老人却皱着眉头说："这样的话啊，那就要 100 元一顶了。"

要每顶 100 元，这是他从商以来闻所未闻的事情呀。"为什么？"商人冲着老人大叫。

老人讲出了他的道理："在这棵大树下没有负担地编织草帽，对我来说是种享受，可如果要我编 1 万顶一模一样的草帽，我就不得不夜以继日地工作，不仅疲惫劳累，还成了精神负担。难道你不该多付我些钱吗？"

比外表更重要的是自身的价值

桃乐丝身高不足 1.55 米，她的体重是 62 公斤。她唯一的一次去美容院的时候，美容师说桃乐丝的脸对她来说是一个难题。然而桃乐丝并不因那种以貌取人的社会陋习而烦忧不已，她依然十分快乐、自信、坦然。其实最初桃乐丝并不像现在这样乐观，那么是什么改变了她呢？

桃乐丝还记得自己第一次跳舞时的悲伤心情。舞会对一个女孩子来说总是意味着一个美妙而光彩夺目的场合，正值青春妙龄的桃乐丝对这样的场合自然充满幻想和期待。那时假钻石耳环非常时髦，桃乐丝在她为准备那个盛大的舞会练跳舞的时候老是戴着它，以致她疼痛难忍而不得不在耳朵上贴了膏药。也许是由于这膏药，舞会上没有人和她跳舞，整场舞会下来，桃乐丝在那里坐了整整一个晚上。当她回到家里，桃乐丝告诉父母亲，自己玩得非常痛快，跳舞跳得脚都疼了。他们听到桃乐丝舞会上的成功都很高兴，欢欢喜喜地去睡觉了。桃乐丝走进自己的卧室，撕下了贴在耳朵上的膏药，伤心地哭了一整夜。

有一天，桃乐丝独自坐在公园里，心里担忧如果自己的朋

友从这儿走过，在他们眼里她一个人坐在这儿是不是有些愚蠢。当她开始读一段散文时，读到有一行写到了一个总是忘了现在而幻想未来的女人，她不禁想："我不也像她一样吗？"显然，这个女人把她绝大部分时间花在试图给人留下印象上了，而很少时候她是在过自己的生活。在这一瞬间，桃乐丝意识到自己数年光阴就像是花在一个无意义的赛跑上了。从此桃乐丝完全改变了自己。

每个人都有其独特的作用与人生的价值，不要因为天生的相貌而妄自菲薄，这样只会使你发挥不出正常的水平，常常让你错失良机。

放下，幸福的妙方

佛陀在世时，有一位叫黑指的婆罗门拿了两个花瓶前来献佛。

佛陀对他说："放下！"

黑指就把他左手拿的那个花瓶放下了。

佛陀又说："放下！"

黑指又把他右手拿的那个花瓶放下。

佛陀还是对他说："放下！"

黑指说："能放下的我已经都放下了，我现在两手空空，没有什么可以再放下了，你到底让我放下什么呢？"

佛陀说："我让你放下的，你一样也没有放下；我没有让你放下的，你全都放下了。花瓶是否放下并不重要，我要你放下的是你

压力要重于手上的花瓶，"放下"，不失为一条追求幸福的绝妙方法！

的六根、六尘和六识。你的心已经被这些东西充满了，只有放下这些，你才能从生活的桎梏中解脱出来，才能懂得真正的生活。"

黑指终于明白了。

佛陀说"放下"这两个字听起来容易，做起来却很难。有的人追求功名，他放不下功名；有了金钱，就放不下金钱；有了爱情，就放不下爱情；有了嫉妒，就放不下嫉妒。世人能有几个能真正地"放下"呢！

放下是一种心境。要真正学会放下，必得有宽放之胸怀、磊落之行止，必得有高远之志向、进取之心态，必得以热切之心入世，以淡泊之心出世，才能做到完全放下，经得起时光的流逝、岁月的痕迹，经得起人世间的恩怨情仇。人一旦真的放下，就能登临山巅，见远黛苍茫，天高地阔，听鸟鸣啁啾，松涛呼啸，并有野花、泥土、树木、青草之香陶然熏面，胸怀于是豁然开朗，牵绊于是顿然消逝，只觉耳聪目明、神色俊逸、心神飞扬……

禅语说："一切放下，一切自在；当下放下，当下自在。"

放下重负的时候，才知道自己已经很辛苦了；放下痴心妄想的时候，才发现自己应该很满足了。

放下一些问题的时候，才能体会到一些问题其实并不需要放在心里；放下一些负担的时候，才能体会到一些负担并不需要挑在肩上。

放下一些实的东西，才能感受到简单生活的乐趣；放下一些虚的东西，才能感受到心灵飞翔的快感。

❦放弃完美才幸福❧

　　世上没有十全十美的人或事物，苛求完美，会人为地制造一个思想枷锁将自己束缚，给自己层层设卡。

　　在美国，历史文件《独立宣言》的地位也许仅次于联邦宪法。《独立宣言》的原件珍藏于华盛顿国家档案馆，是美国的无价之宝。

　　令人难以想象的是，这样一份神圣的、庄严的文件，其中竟有两处"缺憾"！

　　原来，当初这份文件成稿后，大家发现遗漏了两个字母，没有人认为应该重新抄写一遍，只是在行间把这两个字母加了上去，并打上了"∧"的脱字符号。在上面签字的56位美国精英，并未因此认为这有辱这份赋予国家自由的文件的圣洁。

　　《独立宣言》篇幅不大，重新抄写得工整漂亮并不难做到。但这种细枝末节的完美于问题的实质有无影响呢？值不值得把宝贵的时间、精力花费在这上面呢？

　　56位胸怀全局、不拘小节、务实而又浪漫的精英们签下自己的大名，就迅速地为了文件的内容而奋斗去了。世上完美无缺的文件很多，但成为国宝的有几件呢？

其实人生也是如此，永远是有缺憾的。

佛家把这个世界叫作"娑婆世界"，翻译成中文就是能忍耐许多缺憾的世界。人的世界本来就有诸多缺憾，不完美才是完美，太完美了就是缺陷。

从前有一个圆，被弄掉了一个边，它总想找到那个小边，好让自己变成一个完美的圆。可是，由于它的不完整而滚动得非常慢，也因而领略了沿途鲜花的美丽，它和虫子们聊天，它充分享受阳光的温暖。它找到许多不同的碎片，但都不是原来那一块。

它坚持着找寻……直到有一天，它实现了自己的愿望。然而，成了一个圆以后，它滚得太快了，错过了花开的时节，忽略了虫鸣……当它意识到这一切时，它毅然放弃了历尽千辛万苦找回的碎片。

在生活中，我们不要为有缺憾而烦闷和忧愁，应当积极地去面对人生。这样，我们就会发现正是缺憾让我们达到了人生真正意义上的完美。

你的生活中是不是也有缺憾呢？还在为它而烦恼吗？要想寻求到快乐，就必须学会放弃完美。

第十七章　世事本不完美，人生当有不足

☙接纳不完美的自己☙

天生我材必有用。要勇于直面不完善的自我，要相信自己总有能做得很好的事情。

自我容纳的人能够实事求是地看自己，能从自身条件不足和所处的不利环境的局限中解脱出来，去做自己想做的事。

一位挑水夫，有两个水桶，分别吊在扁担的两头，其中一个桶子有裂缝，另一个则完好无缺。在每趟长途挑运之后，完好无缺的桶，总是能将满满一桶水从溪边送到主人家中，但是有裂缝的桶到达主人家时，却剩下半桶水。

两年来，挑水夫就这样每天挑一桶半的水到主人家。当然，好桶对自己能够送满整桶水感到很自豪。破桶呢？对于自己的缺陷则非常羞愧，它为只能负起一半的责任，感到很难过。

饱尝了两年失败的苦楚，破桶终于忍不住，在小溪旁对挑水夫说："我很惭愧，必须向你道歉。""为什么呢？"挑水夫问道，"你为什么觉得惭愧？""过去两年，因为水从我这边一路地漏，我只能送半桶水到你主人家，我的缺陷使你作了全部的工作，却只收到一半的成果。"破桶说。挑水夫替破桶感到难过，他蛮有爱心地说："我们回到主人家的路上，我要你留意路旁盛开的花朵。"

果真，他们走在山坡上，破桶眼前一亮，看到缤纷的花朵，开满路的一旁，沐浴在温暖的阳光之下，这景象使它开心了很多！但是，走到小路的尽头，它又难受了，因为一半的水又在路上漏掉了！破桶再次向挑水夫道歉。挑水夫温和地说："你有没有注意到小路两旁，只有你的那一边有花，好桶的那一边却没有开花呢？我明白你有缺陷，因此我善加利用，在你那边的路旁撒了花种，每回我从溪边来，你就替我一路浇了花！两年来，这些美丽的花朵装饰了主人的餐桌。如果你不是这个样子，主人的桌上也没有这么好看的花朵了！"

把自己最弱的部分转化成强项，对任何人都很重要，你可参照以下步骤：

1. 孤立弱点，将它研究透彻，然后设计一个计划加以克服。
2. 详细列出你期望达到的目标。
3. 想象一幅将你自己的弱势变成强势的景象。
4. 立即开始成为你希望的强人。

学会从生活中采撷情调

　　我们的生活可以很平淡、很简单，但是不可以缺少情趣。20几岁的年轻人要懂得从生活中的点滴琐细中，采撷出五彩缤纷的情趣。

　　杨蕊是一个大三的穷学生。一个男生喜欢她，同时也喜欢另一个家境很好的女生。在他眼里，她们都很优秀，他不知道应该选谁做妻子。有一次，他到杨蕊家玩，她的房间非常简陋，没什么像样的家具。但当他走到窗前时，发现窗台上放了一瓶花——瓶子只是一个普通的水杯，花是在田野里采来的野花。就在那一瞬，他下定了决心，选择杨蕊作为自己的终身伴侣。促使他下这个决心的理由很简单，杨蕊虽然穷，却是个懂得如何生活的人，将来无论他们遇到什么困难，他相信她都不会失去对生活的信心。

　　刘玉是个普通的职员，过着很平淡的日子。她常和同事说笑："如果我将来有了钱……"同事以为她一定会说买房子买车子，而她的回答是："我就每天买一束鲜花回家！"不是她现在买不起，而是觉得按她目前的收入，到花店买花有些奢侈。有一天她走过人行天桥，看见一个乡下人在卖花，他身边的塑料桶里放着好几把康乃馨，她不由得停了下来。这些花一把才5元钱，如果是在花店，起码要15元，她毫不犹豫地掏钱买了一把。这把从

天桥上买回来的康乃馨，在她的精心呵护下开了一个月。每隔两三天，她就为花换一次水，再放一粒维生素C，据说这样可以让鲜花开放的时间更长一些。每当刘玉和孩子一起做这一切的时候，都觉得特别开心。

年轻人要懂得生活的情调，懂得在平凡的生活细节中拣拾生活的情趣。亨利·梭罗说过："我们来到这个世上，就有理由享受生活的乐趣"。当然，享受生活并不需要太多的物质支持，因为无论是穷人还是富人，他们在对幸福的感受方面并没有很大的区别，我们可以通过摄影、收藏、从事业余爱好等途径培养生活情趣。

音乐也是一种享受生活情调的重要方法。如若没有音乐，生活将变得单调乏味，给人一种度日如年的感觉。有了音乐，阴天会变成晴天；有了音乐，忧郁会变为开心；有了音乐，贫穷会变得富有。正因为如此，年轻人的生活中也应该学会让音乐无处不在——

1. 厨房

在厨房里放爱情歌曲最为合适。听得久了，都不知道我们是在烹饪食品，还是在烹饪爱情了。

2. 餐桌

音乐这道食品，只能赏心，不能悦目。它是一道开胃小品，吃得再多也不会发胖。再难吃的东西，如若有音乐相伴，也会变得香甜可口。

3. 卧室

卧室里的音乐自然带有神秘色彩，女人喜欢神秘，神秘的东西具有诱惑力。卧室里的音乐暧昧，让人呼吸不定，心跳加速。有音乐陪伴每天的生活，这种感觉是美好的。

年轻人懂得采撷生活情调，才能更好地享受生活。

🍃 生命的旅途中，只取自己需要的东西 🍃

这是一个听来的故事。

说是龙山出产彩石。彩石非常非常的美，远近闻名。有两个喜欢彩石的城里人，在一天早上，各自背了一个背篓，上路了。

两人走啊走，走了很久。把腿都走细了，把太阳走到了头顶，才走到龙山。

彩石真多啊，五光十色，千姿百态。

两人认真地捡。两人中一个年长，一个年轻。年长的叫"你"，年轻的叫"我"。

"我"从没见过这么多的彩石，"我"高兴坏了。"我"欢呼着，捡了一块又一块。

一路捡下去，到太阳落山的时候，"我"捡了满满一篓。

可"你"却只捡了一块。

其实"你"也捡了好多，也有满满一篓呢，可"你"把这些彩石都放到了一起，在这么多的彩石中挑了一块，也就是说挑了这堆彩石

人生一世赤条条地来，孤零零地走，没有人能够把生前的名利带走。既然如此，何不学会放下，让自己活得轻松一点呢？

中最精美的一块。

"我"和"你"又在约定的地方会合了。"你"看"我"背了这么一满篓子，笑了。"我"看到"你"篓里只有一块，也笑了。

两个人就踏上归路了，那时太阳快落山了。

"你"背着背篓轻松地走，一路上走得轻松从容、不急不躁。

可"我"却不行了，刚开始上路时还没觉着，走着走着就觉着沉了，觉得累，就跟不上"你"的脚步。"我"只好捡篓里不满意的彩石往外扔了。扔一块，"我"就心疼一次。"我"就惋惜地对"你"说："你看，这块彩石多美啊！"

"你"就笑。"你"看着前边的路对"我"说，丢了吧，丢了就轻松了。

走了一路，"我"也就丢了一路。"我"觉得这一路走得狼狈极了。回到城里时，"我"发觉背篓里只剩下可怜的几块。

"我"望着"你"，"你"始终走得不紧不慢，悠闲从容。走了这么一段路，"你"没出一滴汗，不像"我"，出了一身。"我"羡慕死"你"了。"我"唯一感到欣慰的是，篓里剩的彩石比"你"的多。想到自己篓里的彩石比"你"的多，"我"心里好受了很多。

后来，两人背着篓子，各自回家了。

又过了很久，这两个人都老了，在一天的黄昏，在一条小河边，"我"和"你"又相遇了。那时"你"领着老伴儿，老伴儿牵着"你"的手在散步。"你"看着"我"，"我"像只孤单的鸵鸟。

"我"对"你"一笑说："活了这一辈子，累坏了，你看我背都驼了。""我"看着鹤发童颜的"你"，问："你为什么活得这么年轻呢？"

"你"想给"我"说出原因。也许"你"觉得"我"理解不了，就问"我"："还记得很早以前咱们去龙山捡彩石吗？"

"我"说："怎么不记得呢！"

"你"问："知道你的篓为什么沉吗？"

"我"说："我捡得太多，背了满满的一篓呢！"

"你"又问："后来你为什么丢了呢？"

"我"说："太沉了，不丢，走不回家呢！"

"我"说到这儿显得很惋惜，又说："那些石头太好了，我真不舍得丢

下啊！"

　　"你"笑了。"你"说："太美的石头太多了，你都要捡着，这就是你活得累的原因啊！"

　　"我"不明白。

　　"你"说："人来到尘世，就好比咱们去龙山捡彩石，一路上，各种欲望、名利就好比一块块光彩夺目的彩石。你不想放弃，所以你的背篓越来越重，你也就活得越来越累，越不轻松。所以说你走了一路，就累了一路，辛苦了一路。"

　　"我"明白了。"我"低下了头。"我"知道"你"说得太对了。猛地，"我"像想起什么似的问："你还记得你背篓里的那块石头吗？"

　　"你"说："记得啊，那是一块很精美的石头啊！"

　　"我"问："你那块彩石是什么呢？"

　　"你"知道"我"为什么这么问。"你"用手牵了一下老伴儿的手，给她理了理耳前的碎发。"你"说："那块彩石是爱情啊！"

错过花，你将收获雨

　　人生在世，爱情全仗缘分，缘来缘去，不一定需要追究谁对谁错。爱与不爱又有谁可以说得清？爱着的时候只管尽情地去爱，爱失去的时候就潇洒地挥一挥手吧，人生短短几十年而已，自己的命运把握在自己手中，没必要在乎得与失、拥有与放弃、热恋与分离。

　　有这样一对性格不合的夫妇，丈夫8次提出离婚要求，而妻子就是死活不离。在法院判决中，女方总是胜诉，就这样一直拖了29年。29年的岁月过去了，这位妇女的青春年华在拖延中消失了，乌黑的头发已成白发，红润的脸颊变黄了，刻上了一道道岁月的伤痕，身体也被折磨得满身病痛。

由于妻子的坚持，婚姻仍然存在，然而爱情早已荡然无存。她失去了幸福的家庭，失去了自己的青春，失去了健康的身体，也失去了再婚的机会，孩子也没有因此追回父爱。

结果，法院还是判离了。离婚后不到两年，这位不幸的妇女就因病情加重而离开了人世。

学会放弃，在落泪以前转身离去，留下简单的背影；学会放弃，将昨天埋在心底，留下最美的回忆；学会放弃，让彼此都能有个更轻松的开始，遍体鳞伤的爱并不一定就刻骨铭心。这一程情深缘浅，走到今天，已经不容易，轻轻地抽出手，说声再见，真的很感谢，这一路上有你。曾说过爱你的人，今天仍是爱你。只是，爱你，却不能与你在一起。一如爱那原野上的火百合，爱它，却不能携它归去。

每一份感情都很美，每一程相伴也都令人迷醉。是不能拥有的遗憾让我们更感缠绻；是夜半无眠的思念让我们更觉留恋。感情是一份没有答案的问卷，苦苦地追寻并不能让生活更圆满。也许一点遗憾、一丝伤感，会让这份答卷更隽永，也更久远。

爱情没有永久保证书。但，你可以保证洒脱与幸福。